MA PRÉFÉRENCE

Dans Le Livre de Poche

CHARLES AZNAVOUR

GILBERT BÉCAUD

GEORGES BRASSENS

LÉO FERRÉ

YVES MONTAND

ÉDITH PIAF

RENAUD

CHARLES TRENET

ANTHOLOGIE DE LA CHANSON FRANÇAISE

Préface

C'est lui mon idole. Trente-cinq ans que ça dure. Trente-cinq ans que c'est dur. Dur et fort. Forts, le sentiment, l'attachement à un répertoire, forts l'admiration, le besoin d'entendre cette voix, ce grain-là. Indispensables, les disques et les concerts.

Du 45-tours noir et blanc à quatre titres dont La Cavalerie, *c'était le printemps 68, au* Julien déménage *de l'hiver 2002, je n'aurai rien manqué. Trop peur que l'idole me manque. Jamais couru le risque de rater la moindre reprise, le moindre couplet.*

Nous avons vieilli et vieillirons donc ensemble. Pas forcément amis. L'idole doit rester l'idole sinon le fan s'y perd.

J'ai toujours rêvé de lui écrire mille chansons. Me suis arrêté à deux. Direction corbeille, deux lettres mortes. C'est un métier, un don que je ne possède pas.

Les chansons, c'est lui qui les rend vivantes. Aujourd'hui, l'immense mélodiste est reconnu. On ne parlera jamais assez de l'interprète. Oublions le répertoire : qui ne l'a pas entendu chanter Ordinaire *de Charlebois à Bercy en 1985 ou, plus récemment,* Et maintenant *de Bécaud, au Théâtre des Champs-Élysées, le malheureux « qui n'y était pas » mourra infirme.*

Ignorant du talent surnaturel de celui qui incarne à lui seul la variété française.

Aussi, je plains ceux qui n'aiment pas ou plus l'idole.

*Toujours un cercle de « patineurs » à regretter la période Roda-Gil. Ils oublient évidemment Momo, Maurice Vallet (*Mon alezan, Juste comme un enfant, Ivanovitch*). Ils oublient* Autres amis *et* Trente ans *de Le Forestier ou* Le verrou *de Jean-Louis Murat. Tant d'autres.*

Ils oublient surtout qu'Étienne est revenu avec l'album Utile*, qu'il est toujours dix à quinze fois présent dans chaque tour de chant.*

Non, ce n'était pas mieux avant. La voix n'a jamais été aussi belle. Julien, c'est mieux maintenant, tout de suite et demain.

Je parie qu'il se réserve Pleyel pour nos très vieux jours. Gardez-moi une marche ou un strapontin.

JEAN-MARC ROBERTS.

Messages amicaux

MAURICE VALLET

Comment pourrais-je parler de Julien ?

On sait tout de son charisme d'interprète et de grand mélodiste.

Nous nous connaissons depuis près de quarante ans et notre relation d'amitié est infiniment plus forte que professionnelle.

Alors tout simplement et sincèrement, je ne peux dire qu'une chose : Julien, mon ami, mon pote, je te respecte, et quoi qu'il arrive tu seras toujours là, je serai toujours là dans la joie et dans les moments les plus difficiles à vivre.

Alors tendrement je t'embrasse et merci pour tout ce que nous avons vécu ensemble. Quand nous serons très vieux, nous ferons des courses de fauteuils roulants comme des garnements, avec toujours notre cœur et notre âme d'enfant.

Tchao mon grand, et à très bientôt.

MOMO.

ÉTIENNE RODA-GIL

.... Il chante avec un appétit de défricheur des chansons dépaysantes, mélancoliques, prophétiques, épiques.

Des chansons qui jaillissent du fond de lui, qui déferlent et qui étonnent.

Des chansons-paysages. Des chansons en voyage.

« Pirate adolescent dans la mer des contraintes adultes »,

il annonce la race à venir, celle des enfants victorieux et disposant de leur destin.

MAXIME LE FORESTIER

Que n'a-t-on pas entendu sur cet étrange vibrato, ce diapason un peu bas, cette voix qui rend baroque tout ce qu'elle chante.

Cette voix est faite pour émouvoir les femmes. Le temps peut faire ce qu'il veut, la magie perdure. Quant aux hommes, ils ne peuvent être que jaloux.... ou complices.

DAVID Mc NEIL

Le premier 45-tours de Julien Clerc, *La Cavalerie*, sortit sur les ondes un matin de printemps. Aussitôt ce fut l'empoignade. Du centre de Paris aux quartiers des faubourgs, des périphériques aux plus lointaines banlieues, ce fut la ruée. Vers les dix heures déjà les disquaires, leurs bacs étant vides, baissèrent leurs rideaux, ce qui mit évidemment le feu aux poudres. Appel fut fait aux lacrymogènes des Compagnies mobiles, mais rien ne contenait la foule en furie qui dressait des barricades, renversant des voitures et coupant des platanes, on prit en otage la Sorbonne, bientôt l'Odéon, en hélicoptère le général de Gaulle partit pour l'Allemagne, tentant d'en trouver un des derniers exemplaires, les échauffourées causées par la « chienlit » auraient duré longtemps si l'on n'avait annoncé que sur le littoral on vendait le convoité vinyle, la France partit vers les plages, retrouvant la quiétude d'un été de vacances, on se mit d'accord pour appeler ça « les événements de Mai 68 », et je suis très fier d'en avoir été...

JEAN-LOUP DABADIE

Julien, c'est comme un ange caché derrière ses ailes. Il les replie devant ses amis, il les ouvre devant son public.

Des milliers d'heures passées autour de son piano comme autour d'un feu, des milliers de coups de fourchettes autour de nos tables, des milliers d'idées, de balles de tennis et de rires échangés, toutes ces années-lumière passées ensemble, et le secret demeure. Pas tous les secrets, mais quand même. Si je devais faire un film d'après *Tintin et l'étoile mystérieuse* je lui ferais jouer l'étoile mystérieuse.

Et un jour j'ai trouvé. Il faut aller dans la salle pour qu'il se délivre, et simplement se livre.

Je me suis assis au milieu du public, je l'ai regardé, je l'ai écouté, et j'ai tout compris. Là, cet immense artiste chante tout ce qu'il veut, ce qu'il pense et ce qu'il croit. C'est lumineux. Les paroles sont de nous, les mots sont de Julien...

1968

Ivanovitch

Paroles : Maurice Vallet. *Musique :* Julien Clerc.

1 Il était arrivé
Le fiacre l'emportait
Toujours la même ville
Toujours les mêmes gares
Des églises barbares
Saint-Pétersbourg ma ville

Refrain :
Ivanovitch est là *(bis)*
Et le ciel est toujours
Si gris
Et la pluie chaque jour
Si triste

2 Tout est fermé
La maison est là solitaire
Une rumeur, un pas traîné
La porte s'ouvre un peu
Et il est entraîné par ceux
Qui l'appellent mon frère

Au refrain.

3 Dans un coin du logis
Tous se pressent autour de lui
La fille a l'air fané
Et le garçon gêné
Le père et tous les apprentis
Qui rêvent de Paris

Au refrain.

Ivanovitch est là *(bis)*

L'amour en chantier

Paroles : Étienne Roda-Gil. *Musique :* Julien Clerc.

1 Les vieilles rues sont barrées
Les nouveaux murs sont verts
Je vis en plein été
Comme au cœur de l'hiver

2 Il y avait des rues sombres
Et des chemins boueux
Il y a des grandes routes
Et mes souvenirs sont creux

3 La maison reste seule
Au milieu des géants
Tu ne retrouverais plus rien
Ici et maintenant

4 Les fleurs sont coupées
Mais les raisins sont verts
Je vis en plein été
Comme au cœur de l'hiver

5 Plus rien ne me retient
Là où nous avons vécu
Et les chantiers me cernent
Et disparaît la rue
Où nous nous sommes connus

6 Car plus rien ne va plus
Depuis que tu n'es plus là
Et tout a disparu
Car le bâtiment va

7 Les fleurs sont coupées
Mais les raisins sont verts
Je vis en plein été
Comme au cœur de l'hiver

Les fleurs sont coupées
Mais les raisins sont verts
Je vis en plein été *ter*
Comme au cœur de l'hiver

La cavalerie

Paroles : Étienne Roda-Gil. *Musique :* Julien Clerc.

1 Quand je vois les motos sauvages
Qui traversent nos villages
Venues de Californie
De Flandres ou bien de Paris

2 Quand je vois filer les bolides
Les cuirs fauves et les cuivres
Qui traversent le pays
Dans le métal et le bruit

Refrain :
Moi je pense à la cavalerie
Moi je pense à la cavalerie

3 Quand s'éloigne la tourmente
Quand retombe la poussière pesante
Et que sombre le pays
Dans le sommeil et l'ennui

4 Comme dans les films héroïques
Aux moments les plus critiques
Quand tout croule dans ma vie
Quand tout semble compromis

Refrain :
Moi j'entends la cavalerie
Moi je pense à la cavalerie

5 Un jour je prendrai la route
Vers ailleurs coûte que coûte
Je traverserai la nuit
Pour rejoindre la cavalerie

6 J'aurai enfin tous les courages
Ce sera mon héritage
Et j'abolirai l'ennui
Dans une nouvelle chevalerie

Refrain :
Moi je pense à la cavalerie
Moi je pense à la cavalerie

La tarentelle

Paroles : Étienne Roda-Gil. *Musique :* Julien Clerc.

1 Elle est bien finie la tarentelle de ma vie
Tu as disparu sous le ciel trop grand d'Italie
Que vienne l'ombre enfin
Que j'oublie
Oui j'oublie, mon chagrin

2 « Je dois t'avouer
Que ce matin dans la rue
Rayonnante je t'ai vue »
Près du Colisée heureuse
« Tu lui souriais
Dans la rue, dans la rue »

3 Elle est bien finie la tarentelle de ma vie
Beaucoup trop d'amours se brisent sous le ciel d'Italie
Je reprends le chemin
Qui me mènera loin
D'Italie, d'Italie

4 La tour de Pise
Peut bien s'écrouler
Tout Venise s'engloutir
Florence entière se noyer
Dans la boue
Et Rome s'abolir

5 Elle est bien finie la tarentelle de ma vie
Je ne viendrai plus dans ce pays où tu n'es plus
Je reprends le chemin
Qui me mènera loin
D'Italie, d'Italie

6 La tour de Pise
Sur toi peut s'écrouler
Tout Venise t'engloutir
Florence et toi vous noyer
Dans la boue
Après tout, je m'en fous

Sur tes pas

Paroles : Étienne Roda-Gil. *Musique :* Julien Clerc.

1 Je garde le souvenir précieux
De tes joies et de tes rires
Je garderai comme un cadeau
Ma si nouvelle solitude

Refrain :
Tu ne reviendras pas sur tes pas
Tu ne verras plus le rivage
Et puis un jour tu m'oublieras *(bis)*
Tu ne reviendras pas sur tes pas

2 Pendant ce temps tu vieilliras
Dans un quotidien sans charme
Pendant ce temps tu regretteras
Parfois tu verseras des larmes

3 Qui couleront comme un cadeau
Que je te fais bien à distance
Qui te diront le froid de l'eau
Et puis le poids de la souffrance

Au refrain.

4 Pendant ce temps tu changeras
Et tu prendras des habitudes
Parfois peut-être tu penseras
À notre si brève aventure

5 Et un jour comme par hasard
Qui dissimule nos mystères
On se rencontrera trop tard
Avec nos rides dernières

Au refrain.

6 J'aurai conservé ton cadeau
Cette si vieille solitude
Je te dirai « tiens il fait beau
Marchons un peu, le vent est dur »

7 Tu voudras revenir sur tes pas
Et revoir le vieux rivage
Tu penseras comme autrefois
Mais quand tu te retourneras

8 Je ne serai déjà plus là
Il fait calme dans ma solitude
Tes rides apparues loin de moi
Me seront comme des meurtrissures, des meurtrissures

Au refrain.

Je ne reviendrai pas sur mes pas
Je t'abandonne là le rivage
Où un jour tu m'oublieras } *bis*
Bien avant la fin de ton âge }

1969

Jivaro Song

Paroles : Étienne Roda-Gil. *Musique :* Julien Clerc.

Jivaro, Jivaro
Vide vite mon cerveau
Je t'en prie Jivaro
Réduis ma tête à zéro
Que j'échappe enfin aux femmes *bis*
À l'alcool et aux tripots
Je t'en prie Jivaro
Vide vite mon cerveau
Je t'en prie Jivaro
Réduis ma tête à zéro Jivaro

Le ciné, la télé et même le LSD
N'arrivent plus, Jivaro, à me faire décoller
Je t'en prie Jivaro
Vide vite mon cerveau
Je t'en prie Jivaro
Réduis ma tête à zéro
Jivaro, Jivaro, je vais exploser bientôt
Sous le poids de la vie, de ma femme, de mon auto
Je t'en prie Jivaro
Vide vite mon cerveau
Je t'en prie Jivaro
Réduis ma tête à zéro
Jivaro, Jivaro, vide vite mon cerveau

Julien

Paroles : Maurice Vallet. *Musique :* Julien Clerc.

1 Tiens, vous m'avez appelé Julien
Vous semblez me connaître bien
Mais votre visage ne me dit rien
Tiens, vous prétendez que l'on s'est aimés
Que je n'ai pas pu oublier
Tout ce qui s'était passé

Refrain :
Tiens, vous vous souvenez très bien
Comme d'un rêve qui revient
D'un passé qui est déjà loin

2 Moi, je ne me souviens de rien
Votre histoire ne me dit rien
Cessez de pleurer en vain

3 Tiens, j'aimais donc beaucoup vos très charmantes soirées
Passées à boire du thé
Tiens, je disais être heureux
Quand nous allions tous les deux
Voir les matchs de cricket

Au refrain.

4 Tiens, vous m'avez recherché partout
Vous avez fouillé tout le pays
De Liverpool à Brighton
Tiens, vous m'avez aperçu en vain
Par un après-midi d'automne

Je prenais l'avion pour Paris
Non, vous avez dû
Vous tromper avec un autre, c'est certain
Là-bas, jamais je ne suis allé

5 Moi, je ne me souviens de rien
Votre histoire ne me dit rien } *bis*
Cessez de pleurer en vain

La petite sorcière malade

Paroles : Étienne Roda-Gil. *Musique :* Julien Clerc.

1 La petite sorcière malade
Traverse le marécage
Avec son balai brisé
À la main
Les petits oiseaux sauvages
Lui servent de petits pages
Et la conduisent là-bas
Vers le ruisseau
Comme toi dans sa main
Elle conserve son chagrin
Qui fleurit comme un chardon
De blé noir... noir

2 Un braconnier me rapporte
De petites bêtes mortes
Qui ressemblent à mon amour
Mon amour

Elles ont du plomb dans les ailes
Dans les flancs et la cervelle
Leur sang frais tache la nuit
Toute la nuit
Comme toi loin de moi
Elles ont désormais trop froid *(bis)*
Pour sourire, pour sourire

3 La petite sorcière est morte
On a cloué sur sa porte
Quatre grands papillons bleus
Et muets
Le même deuil sur ta porte
Comme le courant m'emporte
Vers de grands sables mouvants
Trop mouvants
Et pour toi dans ma vie
Jaillissent des feux follets *(bis)*
Dans mes nuits *(bis)*
Dans ma vie

Le caravanier

Paroles : Étienne Roda-Gil. *Musique :* Julien Clerc.

1 Des souliers bien trop grands
Pour la saison
Des cheveux bien trop longs
Pour la région

Une chemise dont les trous
Rêvent de me suivre un peu partout
De me suivre un peu partout

Refrain :
Sur la piste des savanes
Je suis le caravanier *bis*
D'un grand voyage organisé

2 Du rimmel bleu qui fond
Pour l'émotion
Des cheveux bien trop blonds
À discrétion
Une pâleur inondant tout
Malgré le soleil rouge et fou
Le soleil sombre et fou

Au refrain.

3 D'un grand voyage organisé
Prémédité en liberté
Dans les limites d'un été

4 Sur la piste des savanes
Nous vivons en liberté *bis*
Dans les limites d'un été

5 Un safari prémédité
Dont je suis le caravanier

Le delta

Paroles : Étienne Roda-Gil. *Musique :* Julien Clerc.

1 Non, n'aie plus de chagrin
Cette fois, je m'en vais trop loin
Des chemins minés par tes soins

Non, ne me dis plus rien

2 Tu pourras regarder mourir les nuages
Tu pourras laisser des fleurs sur ton passage

Refrain :
C'est bien là
Que s'arrête le voyage
C'est bien là
Que se séparent nos visages

Comme une rivière
En delta
Comme une rivière
En delta

Comme une rivière en delta

3 Non, n'aie plus de chagrin
Cette fois je m'en vais trop loin
Des chemins minés par tes soins

Non, ne me dis plus rien

4 Cette fois, ils sont bien morts nos nuages
Cette fois, il n'y a plus de fleurs sur ton passage

Au refrain.

HAIR

C'est à l'Olympia où Gilbert Bécaud l'a fait engager dans son programme de rentrée que Julien reçoit dans sa loge la visite d'Annie Fargue et de Bertrand Castelli. Ils ont les droits pour la France de la comédie musicale américaine Hair, *qui vient de triompher à Broadway. Castelli tient absolument à ce que Julien en soit la vedette. Mais Julien refuse. Son entourage lui donne raison. Les jours passent, la campagne publicitaire pour* Hair *s'accentue. Castelli fait le siège de Julien, il lui offre des billets d'avion pour aller voir le spectacle à Londres. Julien y va, et au retour se dit impressionné. Castelli insiste. Il loue le théâtre de la Musique, à Paris, et invite Julien à une répétition : soixante personnes sur scène, un orchestre, un son formidable, et des lyrics de Jacques Lanzmann ! Julien finit par céder. Il ne le regrettera pas : la chanson principale de la comédie musicale,* Laissez entrer le soleil, *restera à jamais dans son répertoire.*

Paroles anglaises : Galt Mac Dermot. *Musique :* Gerome Ragni, James Rado.
Adaptation française : Jacques Lanzmann, Bertrand Castelli.

Laissez entrer le soleil

1 On se guette,
Traqués, à bout de souffle
Marchant
Pétrifiés dans nos manteaux
D'hiver
Refoulés aux frontières du mensonge
Des nations qui crèvent.

2 Tués par des rêves chimériques
Écrasés de certitudes
Dans un monde glacé de solitude

3 Savoir
Si quelque part il y a
L'espoir
D'être un jour les enfants
Du hasard
Je vois ma vie projeter
Son futur dans l'espace

4 Et le silence me répond,
En secret
(parlé) Parker, j'ai l'impression de mourir.

Manchester England
Manchester England

5 Au bout de l'Atlantique,
Je suis un génie, génie
Et je crois en Dieu,
Et je crois que Dieu
En Claude a foi
Et Claude,
C'est moi, c'est moi

Chœur :
On se guette,
Traqués, à bout de souffle
Marchant
Pétrifiés dans nos manteaux
D'hiver

Refoulés aux frontières du mensonge
Des nations qui crèvent.
Tués par des rêves chimériques
Écrasés de certitudes
Dans un monde glacé de solitude

6 Chantons
Nos rêves d'espoir sur un sitar
Sitar
De toi le roi est né
Et chantons
La vie qui est en nous et autour
De nous

Refrain :
Laissons, laissons, entrer le soleil
Laissons, laissons...
Laissez, laissez entrer le soleil
Laissez, laissez...

Let the sun shine
Let the sun shine in } *bis*
The sun shine in

Où vais-je aller ?

Julien, dans le rôle de Claude, chantait cette chanson entouré d'un groupe de garçons complètement nus. La scène, très remarquée, fit grand bruit à l'époque.

1 Où vais-je aller suivre la rivière
Où vais-je aller vers quelles frontières
Trouverais-je l'ami pour me dire voici
Pourquoi tu vis pourquoi tu meurs

2 Où vais-je aller, suivre les enfants
Où puis-je aller vers quelle enfance
Trouverais-je enfin dans leur rire sans fin
Pourquoi je vis pourquoi je meurs

Refrain :
Suivre les nuages suivre les orages
Suivre le néon des yeux amoureux
Est-il dans les pleurs est-il dans les rires
Mon splendide sérum de vérité

3 Où vais-je aller, suivre les enfants
Où puis-je aller vers quelle enfance
Trouverais-je enfin dans leur rire sans fin
Pourquoi je vis pourquoi je meurs

Au refrain.

4 Où vais-je aller mon cœur le sait-il
Ma main sait-elle où vais-je aller
Aveugle je la suis mais vais-je jamais
Savoir pourquoi je vis je meurs... je vis je meurs

5 Dites-moi pourquoi vivre et mourir...
Dites-moi... dites-moi où vais-je aller
Dites pourquoi... dites-moi... dites-moi... dites-moi...
[dites-moi...

—

Les vendredis

Paroles : Maurice Vallet. *Musique :* Julien Clerc.

1 Je faisais partie
Du cercle des amis
Qui se tenait le vendredi
Quand le couvert était mis, était mis
Nous parlions de Chopin
De son curieux destin
Et des autres salons voisins
À l'ennui trop malsain, trop malsain

2 Et le jeune pianiste jouait
Tout ce qu'il voulait
Sauf l'envolée des Walkyries
Qui faisait trop de bruit, trop de bruit

3 Il y avait là
Quelques femmes du monde
Et un peintre parfois connu

Qui faisait rire son monde, rire son monde
On aimait les cartes, des jeux
Entre nous bien entendu
Et on ne trichait plus
Chacun se croyait heureux, croyait heureux

4 Et le jeune pianiste jouait
Tout ce qu'il voulait
Sauf le prélude à Tristan
Qui navrait trop de gens, trop de gens

5 Il y avait toujours
Quelque chose à fêter
Tout le long de l'année
Les occasions étaient bonnes, étaient bonnes
L'alcool était meilleur
La maison était chaude
Nous partions pour ailleurs
Dans le matin souillé, matin souillé

6 Et le jeune pianiste dormait
La tête sur son clavier
Surpris par le sommeil
Au crépuscule des dieux, des dieux, des dieux

Yann et les dauphins

Paroles : Étienne Roda-Gil. *Musique :* Julien Clerc.

1 Savez-vous ce que racontent
Les dauphins des grandes mers
Une histoire de ce monde
Mais d'un autre univers
Tout près d'un port des Flandres
Il y a bien longtemps
Yann avait un navire
Mais n'avait pas seize ans

Refrain :
N'est pas pirate qui veut
Sur la grande mer du Nord
N'est pas heureux qui veut
Dans la grande course au trésor

2 Yann fit son équipage
De fuyards encerclés
De forbans les plus louches
Et de filles damnées
Quand ils furent au large
Toutes voiles dehors
Yann et son équipage
Proclamèrent l'Âge d'Or

Au refrain.

3 Sur le pont du navire
Toujours il y avait bal
On buvait sans être ivre

On aimait sans carnaval
Vingt vaisseaux de dix empires
Coulèrent Yann un soir
On entendait claquer des rires
Parmi les voiles noires

4 Avec son équipage
Il partit lentement
Vers d'autres rivages
Chevauchant les grands dauphins blancs
C'est l'histoire que racontent
Les dauphins à leurs enfants
Yann avait un navire
Mais n'avait pas seize ans

Au refrain.

1970

Bourg-la-Reine

Paroles : Maurice Vallet. *Musique :* Julien Clerc.

1 J'étais
Chanteur dans un groupe
Qui faisait
Toutes mes chansons en anglais
On s'est connu un lundi
Après-midi au parc de Sceaux
Dans l'allée tout au bord du Grand Canal
À deux pas de Lakanal

Refrain :
Je t'aimerai
Dans vingt ans
Bien plus encore
Je changerai
Tous les mots
De mes chansons *(bis)*
J'inventerai
Un langage
Sans fin et sans âge
Pour tous les deux

2 Tu étais
Encore lycéenne
Chez les sœurs

À Bourg-la-Reine
Hauts-de-Seine
Tu m'as aussitôt reconnu
Moi le chanteur du « Lost Garden »
Sous les grands marronniers
Assis tout seul je chantais aux poissons rouges

Au refrain.

3 Et chaque nuit qui viendra
Et sous les marronniers glacés
Je chanterai seul tout seul
Et lundi après-midi
Pour tous les oiseaux transis
Du parc de Sceaux

Au refrain.

C'est pour toi

Paroles : Étienne Roda-Gil. *Musique :* Julien Clerc.

1 C'est pour toi que je chante
Tremblant et peureux
Toi la foule
Des gens heureux
Qui me guettes et qui me rends heureux *(bis)*

2 Tu sais qu'après bien des années
Et quand je serai vieux
Toi la foule

Des gens heureux
Tu reviendras pour d'autres cheveux *(bis)*

3 Tout ça n'a pas d'importance
Pourvu qu'on vive et qu'on chante
Tout ça n'a pas d'importance
Tant qu'on peut rire et chanter

4 Mais je suis sur la terre
Et j'entends ses sanglots
Ses colères et tous ses maux
Tous ses rêves et puis tous ses oiseaux *(bis)*

5 Si je suis sur la terre
Si je la prends aux mots
Si je chante des jours plus beaux
Dites-moi donc un métier plus beau *(bis)*

6 Tout ça n'a pas d'importance
Si je mets les rêves dans la balance
Tout ça n'a pas d'importance
Moi je mets mes rêves dans la balance

7 Une petite fille blême
Derrière le rideau
Elle m'aime
Presque en sanglots
Que je chante juste ou bien faux *(bis)*

8 Elle sait quand s'éteindront les lumières
Reprenant mon manteau
Pour ma mère, Étienne et puis Maumau
Je resterai toujours le plus beau *(bis)*

9 Tout ça
Tout ça
Comme le vent
Passera

Carthage

Paroles : Étienne Roda-Gil. *Musique :* Julien Clerc.

Elle a les yeux couleur d'ardoise
Le teint clair obscur du lilas
Mon étrange Carthaginoise
Plus belle que la reine de Saba

Refrain :
Et si contrairement
À tout ce que l'on croit
Tous nos chemins ne menaient pas
À Rome *(bis)*

Moi je tomberais dans ses bras
Moi je tomberais dans ses bras, dans ses bras, dans ses [bras

Et tous les faubourgs de Carthage
Résonnent du son de ma voix
Je l'ai connue comme un orage
Dont la pluie ne viendrait pas...

Toutes les capitales de l'Europe
Se rendraient bientôt sans combat
Devant sa beauté triomphante
Si seulement elle était là

Au refrain.

Refrain :
Et si contrairement
À tout ce que l'on croit
Tous nos chemins ne menaient pas
À Rome *(bis)*

Moi je tomberais dans tes bras
Moi je tomberais dans tes bras...

Des jours entiers à t'aimer

Paroles : Étienne Roda-Gil. *Musique :* Julien Clerc.

Tout au pied de la colline
Perdue parmi les lauriers
Se tient la silhouette fine
De la maison de papier
La porcelaine si fine
Des petites tasses de thé
Reflétait tes yeux d'amande
Au reflet mouillé

Refrain :
Des jours entiers } *bis*
À t'aimer }

Des jours entiers
À rêver
Aux jours passés
Et à venir

En marchant vers la colline
Sur le sentier escarpé
Je vois ta silhouette fine
Dans la maison de papier
Tous les parfums de la Chine
Et tous les Japon dorés
Font de toi la mandarine
Au pouvoir sacré

Refrain :
Des jours entiers } *bis*
À t'aimer }
Des jours entiers
À rêver
Aux jours passés
Et à venir *(bis)*

Des larmes sucrées

Paroles : Étienne Roda-Gil. *Musique :* Julien Clerc.

1 Des larmes sucrées
Pourquoi ? Pourquoi ?
Des larmes sucrées
Pour toi, pour toi

2 Pour que tu ne meures pas
Comme la fleur
Trop nouvelle

3 La fleur d'oranger *(bis)*
Pour moi
La rosée gelée
Est pour toi

4 Les champs, les vergers
Les fleuves et les mers
Fleuris en plein hiver
Pour toi
Pour toi, pour toi *(bis)*

(strophes 3 et 4 : bis)

Faillite (First National City Bank Blues)

Paroles : Étienne Roda-Gil. *Musique :* Julien Clerc.

1 L'escompte est mort les traites sont traîtres
J'ai des regrets à découvert
C'est sur mon cœur que j' tire des chèques
Avec les taxes et sans erreur
J'ai investi mes illusions
À la banque des habitudes
C'est à l'emprunt des solitudes
Que fructifient mes souvenirs, souvenirs

Refrain :
Mon compte est bon
C'est mon malheur
(bis)

2 J'ai fait bien trop d'économies
Au temps où il était encore temps
Mes bas de laine craquent à présent
Sous les chairs creuses de l'ennui
J'ai fait bien trop peu de folies
Et mes tiroirs sont pleins d'argent
Les seules passions de ma vie
Sont des coupons que je paie comptant, content

Au refrain.

3 Je viens d'émettre des actions
Sur une très excellente chimère
Je vends toutes mes obligations
Je règle ma dernière affaire
Ayant toujours vécu ainsi
Une suite de jours à crédit
Je règle mon heure dernière
Forfaitairement service compris, compris

Au refrain.

La Californie

Paroles : Étienne Roda-Gil. *Musique :* Julien Clerc.

Refrain :
La Californie } *bis*
La Californie

1 La Californie
Se dore près de la mer
Et ne connaît pas l'été de la mer
La Californie
Est une frontière
Entre mer et terre
Le désert et la vie

Au refrain.

2 Les palétuviers dorment sous le vent
La cannelle fauve embaume ton temps
La Californie
Est une frontière
Entre mer et terre
Le désert et la vie

Au refrain.

3 Près des orangers
C'est là que t'attend
Au fond de tes rêves
Ton prince charmant

Au refrain.

4 Mais la Californie
Est si près d'ici
Qu'en fermant les yeux
Tu pourrais la voir
Du fond de ton lit

Au refrain (bis).

La veuve de Joe Stan Murray

Paroles : Étienne Roda-Gil. *Musique :* Julien Clerc.

1 Comme un bernard-l'ermite
Qui se souvient d'anciens palais
Mon cœur coquille vide
Résonne encore d'anciens regrets

2 Un saxophone bizarre
Pris dans de gluants lichens mous
Raconte sur la plage
L'histoire vieille du GI fou

Refrain :
J'écoute monotone
Le bruit de l'acier et du fer
Les vagues d'assaut résonnent
Entre le village et la mer

Le casino en ruines
Frappe de stupeur l'environ
Les canons dans les ruines
Fument l'opium des moissons

3 Ma patience prolifère
De la province à l'horizon
Reviens dans ton repaire
Mon vieux mollusque ma déraison

4 Comme une fleur petite
Qui jamais ne se fanerait
Ta petite veuve annamite
T'attend encore Joe Stan Murray

Au refrain.

5 Deux croupiers agonisent
Frappés à mort par deux harpons
Des mouettes vocalisent
Le programme de l'opéra de Saïgon

Le cœur-volcan

Paroles : Étienne Roda-Gil. *Musique :* Julien Clerc.

1 Comme un volcan devenu vieux
Mon cœur bat lentement la chamade
La lave tiède de tes yeux
Coule dans mes veines malades

2 Je pense si souvent à toi
Que ma raison en chavire
Comme feraient des barques bleues
Et même les plus grands navires

3 J'ai la raison arraisonnée
Dans un port désert
Dérisoire toute ma vie s'est arrêtée
Comme s'arrêterait l'Histoire

4 Comme une légende qui s'éteint
Comme un grand peuple en décadence
Comme une chanson qui se meurt
Comme la fin de l'espérance

5 Mon cœur-volcan devenu vieux
Bat lentement la chamade
La lave tiède de tes yeux
Coule dans mes veines malades

6 Comme une armée de vaincus
L'ensemble sombre de mes gestes
Fait un vaisseau du temps perdu
Dans la mer morte qui me reste

bis

7 Mon cœur-volcan devenu vieux
Bat lentement la chamade
La lave tiède de tes yeux
Coule dans mes veines malades

Le petit vieillard qui chantait mal

Paroles : Étienne Roda-Gil. *Musique :* Julien Clerc.

1 Un petit vieillard chantait mal
Dans une chorale de rue
Une méchante vieille
Jaune et sale
À coups de coudes tapait dessus

2 Les passants étaient bizarres
Les aumônes de plus en plus rares
Et le petit vieillard chantait mal
De plus en plus mal

Refrain :
Et le petit vieillard chantait mal
De plus en plus mal
Et le petit vieillard chantait mal
De plus en plus mal...

3 C'était comme un bon animal
Un chien fidèle, un vieux cheval
Les gargouilles le connaissaient
Et en secret lui souriaient

4 On leur a dit de quitter la gare
De ne plus marcher au hasard
D'abandonner la cathédrale
Et de dissoudre la chorale

Au refrain.

5 Un petit vieillard chantait mal
Dans une drôle de chorale
Une méchante vieille jaune et sale
Mendiait devant la cathédrale

6 Quand ce petit vieillard s'est tu
Les anges de pierre ont disparu
On dit qu'ils sont partis au ciel
Pour amener à l'éternel

Au refrain.

Les fleurs des gares

Paroles : Étienne Roda-Gil. *Musique :* Julien Clerc.

1 Je t'aime crème
Je t'aime noir
Je t'aime au rouge
Du désespoir

2 Je t'aime gris
Je t'aime au soir
Et je t'aime au blanc
De l'espoir

3 Je t'aime crème
Je t'aime noir
Je t'aime jusqu'au
Dernier comptoir

4 Je t'aime blonde
Pour ce soir
Je t'aimerai brune
À un autre bar

Refrain :
Les fleurs des gares
Ont des couronnes de suie
Du fond des gares
Partent des grands trains fleuris
Dans la nuit
Les fleurs des gares s'ennuient

5 Puis je titube
Puis il est tard
Je t'aime au zinc
Des boulevards

6 Je t'aime terre
Je t'aime boue
Et je t'aimerai
Jusqu'au bout

7 Je t'aime sur la glace
Presque à genoux
Et au cœur d'un grog
Qui bout

8 Je t'aime au noir
De ton retard
Je t'aime au rouge
Du désespoir

Au refrain.

Les menhirs

Paroles : Maurice Vallet. *Musique :* Julien Clerc.

1 Ne m'attends pas trop longtemps
À l'ombre fraîche des menhirs
La lande restera la même
Avec fougères et bruyères

La côte gardera sa rage
Et le froid crachin son rire
Pour des souvenirs amers
Quand je passe
Et je t'oublie *(bis)*

2 Ton amour sera silence
Tes instants seront des jours
D'ennui et de temps trop lourds
Pour une vie de grande absence
Tu retrouveras les plages
Où mer et rochers s'aiment
Les tristes blockhaus y rêvent
Il y fait froid
Et je t'oublie *(bis)*

Refrain :
D'entendre sonner le tocsin
Quand les femmes attendent pour rien
Quand le phare se jette au temps
Tu apprendras le goût du vent
Pour oublier *(bis)*

3 Tu compteras chaque seconde
Tu t'inventeras des forces
Tu t'achèteras des amours
Puis tu t'habitueras aux autres
À la certitude de tes nuits
T'abandonnant au sommeil
Et quand chaque jour se lève
Te dire encore
Que je t'oublie *(bis)*

Au refrain.

4 Ne m'attends pas trop longtemps
À l'ombre fraîche des menhirs
La lande restera la même
Avec fougères et bruyères
La côte gardera sa rage
Et le froid crachin son rire
Pour des souvenirs amers
Quand je passe
Et je t'oublie *(bis)*

Mon alezan

Paroles : Maurice Vallet. *Musique :* Julien Clerc.

1 Mon alezan
Tout en blanc et couvert d'ailes
Bien trop frêles
Mon alezan
Tout en blanc, cheval volant
Qui s'élève *(bis)*
Sur les grèves *(bis)*
Comme un rêve
Sur tes lèvres

Refrain :
Mon alezan
Mon alezan

Cheval volant
Évadé
Du sable blanc
D'un été *bis*
Dès demain
T'emportera
Jusqu'à l'Orient

2 Mon alezan
Tout en blanc et bien plus fier
Qu'Artaban
Mon alezan
Tout en blanc a vraiment l'air
Plus sauvage
Qu'un nuage *(bis)*
Dans l'azur
Pas très pur

Au refrain.

3 Mon alezan
Tout en blanc et aussi calme
Que ton âme
Mon alezan
Tout en blanc a le cœur bien
Plus fragile *(bis)*
Qu'un sourire
Accroché
Dans tes cils

Au refrain.

Quatre heures du matin

Paroles : Maurice Vallet. *Musique :* Julien Clerc.

1 Quatre heures du matin
C'est l'instant le plus lourd
Les portes sont fermées
Les fenêtres sont vides
Il faut faire son choix
Elles viennent les rides
Il va bientôt faire jour
Il fait déjà presque froid

Refrain :
Et je veux te dédier
Ma migraine mon ennui
Le début de ma haine
Et le fond de mon orgie
} *bis*

2 Quatre heures du matin
C'est l'un des derniers verres
Dans les ombres étranges
Et les bouteilles vides
Il va falloir sortir
Dans cette rue humide
Là où le vieux malaise
Me fait presser le pas

Au refrain.

3 Quatre heures du matin
Et quelque part là-bas
Le soleil d'aube larmoie

Sur des champs inondés
Je vais bientôt courir
Et me jeter vers toi
Je viens m'anéantir
Me sourire dans tes bras

Au refrain.

Si tu reviens

Paroles : Étienne Roda-Gil. *Musique :* Julien Clerc.

1 Si tu reviens
Comme une fête
N'oublie pas le pain, les allumettes
Et puis ton sourire si charmant
Qui m'a manqué souvent

2 Je sais, le pain
Les allumettes
Le quotidien et puis les dettes
Ont tué notre amour et plus rien
Ne changera plus rien
Ne changera à mon décor

Refrain :
Ton amour d'alors
Comme un fruit mal givré
A fondu dans un été trop têtu
Bien trop têtu, je crois

3 Si tu reviens
Change pas ta tête
Ton foulard indien, tes cigarettes
Ne fais pas le détour du boucher
Je crois qu'il a été payé

4 J'ai pris soudain
Ma guitare sèche
Et je chante depuis sans tristesse
Nos amours enfuies un matin
Quand il manquait du pain
Un tout petit peu de pain quotidien

Au refrain.

5 Si tu reviens
Comme une fête
N'oublie pas le pain, les allumettes
Les clefs sont chez le même voisin
Je crois qu'il s'en souvient *(bis)*

Si tu reviens } *bis*
La la la la... }

Zucayan

Paroles : Maurice Vallet. *Musique :* Julien Clerc.

1 Les filons furent épuisés
Avant d'être mis à jour
Ils furent exploités
Avant même d'exister

2 Les chercheurs ont jeté
Leurs pioches et leurs tamis
L'or est devenu sourd
À leur triste folie

Refrain :
À Zucayan, à Zucayan *(bis)*

3 Les sales et mauvaises fleurs
Ont envahi les rues
Les plantes carnivores
S'installent sur les balcons

4 Les hommes se sont tus
Ils ont fui leurs maisons
Et sont partis ailleurs
Refaire fortune encore

Au refrain.

5 Tout seul je suis resté
Parmi les Indiens bleus
Les lianes enchevêtrées
Et les anciennes mines

6 Ma barbe pousse lentement
Et la couleur de mes yeux
Se délave dans le temps
De ma mémoire en ruine

Au refrain.

7 Je vieillirai sans joie
Auprès des piranhas
Et je finirai roi
De sauvages trop sages

8 Au moment du voyage
Je retrouverai les mines
Je découvrirai les filons
Je redeviendrai riche

Au refrain.

1971

Adélita

Paroles : Étienne Roda-Gil. *Musique :* Julien Clerc.

1 Elle s'appelait Adélita
C'était l'idole de l'armée de Villa
Pancho Villa

2 C'est elle seule qui faisait rêver
Les vachers et les paysans insurgés
Et c'est après bien des combats
Qu'on est entré à Chihuahua
Et au bivouac pour les soldats
Elle dansait la cucaracha
Elle frémissait du haut en bas
Ils buvaient tous le tequila

3 On a pendu tous les notaires
Les curés et les propriétaires
Et pendant qu'ils agonisaient
Nous autres on dansait on chantait
Oui on chantait la chanson d'Adélita
L'idole de l'armée de Villa
Pancho Villa

4 Des trains blindés portaient son nom
Pour son caprice sautaient des ponts
De toute la division du Nord

Oui c'était elle le vrai trésor
L'achat de mitrailleuses Morris
Elle l'a négocié avec un English
Qu'on a retrouvé dans la Sierra
Étranglé de ses petits bras, petits bras
C'est ainsi qu'on a hérité
De mitrailleuses de qualité
À bon marché
Très bon marché

Berce-moi

Paroles : Étienne Roda-Gil. *Musique :* Julien Clerc.

1 Berce-moi
Dans ton grand lit bleu
Berce-moi
Et emporte-moi
À l'ombre claire de ton sein
Dans le grand berceau de tes reins
Et jusqu'au petit matin
Là où tu voudras *(bis)*
Quand tu le voudras *(bis)*

2 Je crie ma misère
Et la vie entière
Est une frontière
Que tu ouvriras
Et dans la lumière

Si loin de la terre
C'est une prière
Qui monte vers toi

3 Berce-moi
Dans tes grands yeux bleus
Berce-moi
Éblouis-moi
À l'ombre claire de tes seins
Du soleil caché dans tes reins
Au profond de ton lit sans fin
Là où tu voudras *(bis)*
Quand tu le voudras *(bis)*

Ce n'est rien

Paroles : Étienne Roda-Gil. *Musique :* Julien Clerc.

1 Ce n'est rien
Tu le sais bien
Le temps passe
Ce n'est rien

2 Tu sais bien
Elles s'en vont comme les bateaux
Et soudain
Ça revient

3 Pour un bateau qui s'en va
Et revient
Il y a mille coquilles de noix

Sur ton chemin
Qui coulent et c'est très bien

Refrain :
Et c'est comme une tourterelle
Qui s'éloigne à tire-d'aile
En emportant le duvet
Qu'était ton lit
Un beau matin...

Et ce n'est qu'une fleur nouvelle
Et qui s'en va vers la grêle
Comme un petit radeau frêle
Sur l'Océan

4 Ce n'est rien
Tu le sais bien
Le temps passe
Ce n'est rien

5 Tu sais bien
Elles s'en vont comme les bateaux
Et soudain
Ça prévient

6 Comme un bateau qui revient
Et soudain
Il y a mille sirènes de joie
Sur ton chemin
Qui résonnent et c'est très bien

Refrain :
Et ce n'est qu'une tourterelle
Qui revient à tire-d'aile

En rapportant le duvet
Qu'était ton lit
Un beau matin...

Et ce n'est qu'une fleur nouvelle
Et qui s'en va vers la grêle
Comme un petit radeau frêle
Sur l'Océan

7 Ça prévient
Comme un bateau qui revient
Et soudain
Il y a mille sirènes de joie
Sur ton chemin
Qui résonnent et c'est très bien

Refrain :
Et ce n'est qu'une tourterelle
Qui reviendra à tire-d'aile
En rapportant le duvet
Qu'était son nid
Un beau matin

Et ce n'est qu'une fleur nouvelle
Et qui s'en va vers la grêle
Comme un petit radeau frêle
Sur l'Océan...

Chanson pour mémère

Paroles : Maurice Vallet. *Musique :* Julien Clerc.

1 Veux-tu, partageons
L'édredon
Car malgré
La brique au fond du lit
Moi, j'ai les pieds glacés

2 Le vent fait
Frémir
La maison
La girouette est figée
Il faut bien te couvrir

Refrain :
Ouh mémère
Il fait bien froid
Chez toi
Ouh mémère
Ne prends pas tous les draps

3 La trop grande horloge
Fait du bruit
Il est tard
Souffle donc ta bougie
Et dis-moi « bonne nuit »

4 Je rêve de café
Très très chaud
Demain
J'irai chercher du bois

Chez les gens d'à côté
Quand à la fin du mois
Le verglas
Ne sera plus
Qu'un mauvais souvenir
Et qu'il me faudra m'enfuir
J'espère que les gens
D'à côté
T'aideront
À nourrir tes oiseaux
Et à faire ton jardin

Refrain :
Ouh mémère, mémère
Il fait bien froid
Chez toi
Ouh mémère
Si tu peux prendre tous les draps

Cœur-de-Dieu

Paroles : Maurice Vallet. *Musique :* Julien Clerc.

1 Quand je suis parti
Plus maigre qu'un chien
Cœur-de-Dieu
Que j'avais faim
J'ai quitté le village
En baissant la tête
J'avais pris les sous de la quête

J'ai regardé dans ma main grande ouverte
Et j'ai dit : pas vu, pas pris
J'ai vu cent sous dans ma main ouverte
Et j'ai dit : pas vu, pas pris
Pas vu, pas pris
Et j'ai pris des chemins où l'herbe était tendre
Pas vu, pas pris

2 Et j'ai voyagé
Des jours et des nuits
Cœur-de-Dieu
Que j'avais faim
J'étais très fatigué
Je me suis arrêté
Sous un arbre et puis j'ai rêvé
J'ai regardé dans ma main grande ouverte
Et j'ai dit : pas vu, pas pris
J'ai vu cent sous dans ma main ouverte
Et j'ai dit : pas vu, pas pris
Pas vu, pas pris
Et j'ai vu des hivers sans froid et sans pluie
Pas vu, pas pris

3 Un jour au réveil
J'ai fouillé ma poche
Cœur-de-Dieu
J'avais sommeil
Mes sous n'y étaient plus
Par ma poche percée
Tous mes rêves s'étaient envolés
J'ai regardé dans ma main grande ouverte
Et j'ai dit : pas vu, pas pris
J'ai vu cent sous dans ma main ouverte

Et j'ai dit : pas vu, pas pris
Je connais un chemin où l'herbe est dorée
Pas vu, pas pris

4 Je connais un chemin où l'herbe est soleil
Pas vu, pas pris
Cent sous dans ma main ouverte oh oui mon Dieu
J'avais faim cœur-de-Dieu
Pas vu, pas pris

Cris, tambours et masques de guerre

Paroles : Étienne Roda-Gil. *Musique :* Julien Clerc.

1 Du plus profond de la terre
Retentissent des cris de guerre
Debout sur leurs étriers
Tous les aigles noirs vont charger

2 De toutes ces tribus guerrières
De la première à la dernière
Nul ne m'arrachera de toi
Par la ruse ou par le combat

Refrain :
Cris, tambours et masques de guerre
Envahissent toute la terre
Tant que tu seras dans mes bras
Je ne tremblerai pas pour toi

3 Sur les montagnes et dans les plaines
De toute la terre américaine
Nous promènerons notre amour
Du premier jusqu'au dernier jour

4 De toutes ces tribus guerrières
Tu es la princesse héritière
Nul ne t'arrachera de moi
Par la ruse ou par le combat

Au refrain.

5 Nous traverserons les plaines
Dont tu deviendras la reine
Et nous franchirons les gués
De tous les torrents déchaînés

6 Et les soirs de lune pleine
Nous irons boire aux fontaines
Que connaissent les sorciers
Les vieillards et les renards argentés

Au refrain.

Et surtout...

Paroles : Étienne Roda-Gil. *Musique :* Julien Clerc.

1 J'entends la porte grincer
Tu viens de sortir ou bien d'entrer
Je ne sais plus si j'ai chaud
Ou bien froid dans le dos

2 Tu disais : je vais marcher
Je répondais : va donc marcher...
Et je te voyais partir
Comme un bon souvenir

3 Et surtout ne te désole pas
Quand tu reviens quand tu t'en vas
Tu le sais bien je reste là
Comme une ombre qui ne sait pas

4 Et surtout ne te désole pas
Quand tu reviens quand tu t'en vas
Tu le sais bien je reste là
Tout au fond du sofa

5 De grands oiseaux noir bleuté
Traversent le ciel d'un vol pressé
Ils vont sûrement où tu vas
Mais je ne les suis pas

6 « La vie est un grand festin »
Tu disais ça, je m'en souviens
Tu oublies de m'inviter
Ma mémoire est rouillée

7 Un grand feu de pommes de pin
Qui brûle là près de ma main
Il a l'odeur de ta peau
De résine et de miel chaud

8 Les enfants sont au jardin
Et la saison commence bien
La radio dit qu'il fait beau
À Maracaïbo

9 Le temps passera et soudain
Tu t'éveilleras un beau matin
La mémoire chavirée
Par tout notre passé

10 Tu diras il est grand temps
Recommençons tout maintenant
Moi je n'aurai pas changé
Dans le temps et les années

L'éléphant est déjà vieux...

Paroles : Étienne Roda-Gil. *Musique :* Julien Clerc.

1 L'éléphant est déjà vieux
Dans son œil vide et peureux
Il ne me reconnaît plus
Sans toi je n'existe plus...

2 Les oiseaux que tu aimais,
Les tristes et les déplumés
Fixent le ciel désespérés
De leurs yeux tout grillagés

Refrain :
Dis-moi, si tu sais comment
Consoler vraiment
Tout ce qui t'aimait
Dis, reviens-tu parfois
Dans ce parc sans moi...
Tout comme autrefois...

3 Puis, je rentre comme avant
Par la grille de devant
Où les bisons sont assis
Écrasés par cette vie...

4 Le parc me paraît bien loin
Quand au bout de mon chemin
Oui, c'est bien toi que je vois
Oui, c'est toi que j'aperçois...

Au refrain.

5 À trop vouloir nous enfermer
Nous avions fini par aimer
Les pauvres bêtes des musées
À trop vouloir nous libérer
Nous avons fini par trouver
D'autres barreaux bien plus épais

La fée qui rend les filles belles

Paroles : Étienne Roda-Gil. *Musique :* Julien Clerc.

1 La fée qui rend les filles belles
A bégayé devant ton berceau
Le vent qui froisse les ombrelles
N'a pas soufflé sur ton trousseau

2 Mais l'amour qui rend les femmes belles
Dans ton lit
Fera son nid

3 Laisse donc rentrer les moissons
Ne pleure pas sur les saisons
Rien ne sert de geindre et gémir
Le bonheur finit par venir
Laisse bien ouverte ta maison
Aux enfants et aux papillons
Souris toujours aux vagabonds
Et un beau jour viendra le bon

4 La fée des histoires cruelles
A bégayé devant ton berceau
Le vent qui froisse les ombrelles
N'a pas soufflé sur ton trousseau

5 Mais l'amour des histoires éternelles
Dans ton lit
Fera son nid...

La fille de la véranda

Paroles : Étienne Roda-Gil. *Musique :* Julien Clerc.

1 Et si jamais je vous disais
Ce qui fait tous mes regrets
Mes regrets
Le désespoir de mes nuits
Et le vide de ma vie
De ma vie...
De ma pauvre vie...

Refrain :
La fille de la véranda
Que je n'ai vue qu'une fois

2 Comment peut-on être amoureux
D'une ombre blanche aux yeux bleus ?
Aux yeux bleus
Je donnerais le paradis
Pour ne pas trouver l'oubli
L'oubli
Dans ma pauvre vie

Au refrain.

3 Ce soir-là, il faisait frais
J'étais peu couvert il est vrai
Je crois bien que je rêvais
Un rêve que jamais
Je ne caresserai

4 Et j'abandonne les lévriers
À leur démarche lassée
Compassée
Et aux fureurs d'un vent mauvais
J'abandonne tous mes regrets
Mes regrets
Tous mes beaux regrets

Au refrain.

La promeneuse

Paroles : Étienne Roda-Gil. *Musique :* Julien Clerc.

1 Je suis la rosée du matin
Je suis l'espoir du lendemain
La vie qui grouille en vain

2 Je suis la force des cités
Je suis la fuite des idées
La justice des tarés

Refrain :
J'ai eu bien sûr un bel amour
Comme tout le monde
Je l'aimerai toujours
Comme tous les autres
Il est parti
Et comme tout le monde
Je m'en suis remis

3 Je suis la force qui n'est rien
Je suis la source des assassins
Je suis encore une illusion

4 Je suis la dernière illusion
Toujours la même chanson
La plus vieille émotion

Au refrain.

5 Je suis le fruit des pardons
Je suis la cendre des passions
Le dernier abandon

6 Je suis le rivage perdu
Où s'échouent tous les vaincus
Les serments toujours trahis

Au refrain.

7 Je suis la fin des vieux remords
Je suis le début de la mort
Des amours qui s'oublient

8 Je suis la vierge révolue
Dans un hôtel perdu
Au fond d'une rue

Au refrain.

Les enfants et les fifres

Paroles : Étienne Roda-Gil. *Musique :* Julien Clerc.

Les enfants ont soufflé
Dans les fifres de guerre
Ils ont soufflé si fort
Que la bête a tremblé

Cachée près de Versailles
Où était son repaire
Ils ont soufflé si fort
Que la bête a tremblé

Les tout petits détails

Paroles : Étienne Roda-Gil. *Musique :* Julien Clerc.

1 Les tout petits détails de notre histoire
Je les ai conservés bien au chaud
Dans un tout petit petit coin de ma mémoire
Ils sont rangés tout près du piano

2 Je me sers souvent du piano
Il résonne comme un vieux sanglot
J'ai eu beau lui donner de tout
Des caresses, des coups et du sirop...

3 Quand je fais le tour du studio
Je tombe souvent sur ta photo
Tu sembles bien penser à moi
Comme une biche aux abois

4 Les tout petits petits détails de notre histoire
Je les ai classés dans un sanglot
Rangés dans un tout petit petit répertoire
Bien classés avec leur numéro

5 Nos beaux jeudis
Tes faux cils gris
Ton appétit
Des « bigoudis »
Tout ce qui reste de toi
Des chiffons et quelques bas
Et un petit sourire en croix
Qui n'est qu'à toi...

6 J'ai eu beau courir les tripots
Le monde est désert sans ta peau
Et j'ai beau avaler de tout
Des bonbons, des alcools et du sirop

7 J'ai désaccordé le piano
J'obtiens parfois de drôles de do
Mais c'est ta voix comme un écho
Qui vient envahir le studio

8 Les tout petits petits détails de notre histoire
Je les ai conservés bien au chaud
Dans un tout petit petit coin de ma mémoire
Ils sont rangés tout près du piano
Je les ai classés dans un sanglot
Comme un disque rayé sur un phono...

Niagara

Paroles : Étienne Roda-Gil. *Musique :* Julien Clerc.

1 Hey Niagara
Je t'en prie sèche tes joues
Ne pleure pas
Hey ! Hey ! Hey !
Tu vas faire monter la Seine
Arrête-toi

2 Niagara,
Je t'en prie à genoux
Ne m'en veux pas
Hey ! Hey ! Hey !
Si je t'appelle comme ça
C'est que ça te va...

3 Demain matin je m'en vais prendre le train
Je t'en prie reste chez toi...
Après-demain je serai déjà bien loin
À l'abri de tes exploits

4 Hey Niagara
Tes sanglots sont si longs
Que je m'y noie
Hey ! Hey ! Hey !
Tu inondes mon destin
De ton chagrin

5 Demain matin je m'en vais prendre le train
Je t'en prie ne pleure pas
Après-demain j'aimerais que les gazettes
Ne me parlent pas de toi

6 Les dentelles fraîches, la la la
De tes grands mouchoirs lilas
Ont vu plus d'écume, la la la
Que les chutes du Niagara

7 Hey ! Niagara
Je t'en prie entre nous
Retiens-toi...
Hey ! Hey ! Hey !
Une montagne qui pleure
Oui c'est bien toi

8 Niagara
Je t'oublie, tu m'oublies
Restons-en là...
Hey ! Hey ! Hey !
Ne va pas faire une baignoire
D'un petit rien

9 Demain matin si c'était mon dernier train
Je t'en prie ne t'affole pas
Après-demain n'achète pas les gazettes
Même si elles parlaient de moi

10 Hey ! Niagara
Je t'oublie, tu m'oublies
Restons-en là
Hey ! Hey ! Hey !
Et si je t'appelle comme ça
C'est que ça t' va
Hey ! Hey ! Hey !
Hey ! Niagara
C'est que ça t' va

Rolo le Baroudeur

Paroles : Étienne Roda-Gil. *Musique :* Julien Clerc.

1 Rolo le Baroudeur
A comme une guerre de retard
Il arracherait des pleurs
Même à un vieux cigare

2 En lui parlant de Cuba
Et des plages lointaines
Des grands champs de tabac
De la plaine cubaine

3 Rolo le Baroudeur
N'a pas les mots de son âge
Il a les mots du cœur
Des idiots de village
Rolo le Baroudeur
A comme un rêve de retard
Il vous ferait rêver
Les pavés des boulevards

4 En leur parlant de Blois
De Chartres, de Notre-Dame
Et des granits dressés
Aux flancs de la Bretagne

5 Rolo le Baroudeur
A comme le teint blafard
En pensant aux chaleurs
Du désert des Tartares

6 Il a les tempes en feu
Au milieu de l'hiver
Et dans ses deux mains nouées
On entendrait la mer

7 Rolo le Baroudeur
Connaît tous les pays
Il les connaît par cœur
Il les connaît à vie

8 Rolo le Baroudeur
A comme une autre vie
Enfouie au fond du cœur
Quand il parle, il l'oublie

9 Rolo le Baroudeur
A les rêves percés
Et une plaie au cœur
Qu'il voudrait oublier.

1972

À chaque jour

Paroles : Étienne Roda-Gil. *Musique :* Julien Clerc.

À chaque peine
Et pendant tout le jour, tout le jour
Comme dans les chaînes
Tu espères l'amour, ton amour
C'est ce que chante la vie par ma voix
Tout ce qui vit d'espoir, d'effort, de joie

Refrain :
À chaque jour
Et pour toute la terre
À chaque jour
Suffit sa chanson d'amour

C'est son visage
Que tu vois dans le mien, ses yeux verts
C'est son image
Que tu vois si souvent dans le vent
C'est le serment que te font par ma voix
Ceux qui voient la mer devant comme moi

Au refrain.

C'est la terre

Paroles : Maurice Vallet. *Musique :* Julien Clerc.

1 C'est plein déjà de fruits trop mûrs
Qui éclatent leurs armures
De tant de trains abandonnés
Enfermés dans leur passé
De vieux veilleurs de nuit très ivres
Qui s'endorment sur leurs livres
Et deux pêcheurs couverts de rides
Dont le cœur est très humide

Refrain :
C'est la terre
C'est la terre
Pauvre terre
C'est ma terre

2 La nuit c'est plein de musiciens
Qui jouent sur des violons fous
Les ombres bizarres et les bruits
Frôlent les flammes des bougies
On voudrait penser à demain
Et aux fleurs dans le jardin
Un bateau siffle dans le port
On sourit puis l'on s'endort

Au refrain.

3 Et puis c'est plein dès le matin
De drôles de soleils très froids
Que salue un homme courbé

Humblement dessus les prés
Je l'aperçois dans les sapins
Cet étrange musicien
Je le reconnais malgré la pluie
C'est lui qui trouble mes nuits

Au refrain.

Des mots d'ailleurs

Paroles : Étienne Roda-Gil. *Musique :* Julien Clerc.

1 Un empire à l'abri de la loi
Une terre où vivaient les Nahuas
Et des tours qui jaillissaient des eaux
La lagune de Mexico...

2 Le bonheur blotti tout près de toi,
Des jardins où passent des pumas
Des parfums flottant dans les drapeaux,
La lagune de Mexico...

Refrain :
Ce sont bien sûr des mots d'ailleurs
Pour étourdir un peu ton cœur,
Un peu ton cœur...
Des mots d'ailleurs
Pour étourdir un peu ton cœur
Des mots d'ailleurs

3 Un empire à l'abri des combats
Une terre sans esclave et sans roi
Entourée de soleil et de joie
Des oiseaux qui ne meurent pas

4 Le bonheur blotti tout près de toi
Des enfants qui rient et te tutoient
Et dans le ciel quatre ou cinq soleils
Des étoiles et tout l'arc-en-ciel...

Au refrain.

Elle a au fond des yeux

Paroles : Maurice Vallet. *Musique :* Julien Clerc.

1 Elle a au fond des yeux
Des oiseaux migrateurs
Qui ne veulent plus quitter
Leurs forêts enchantées
Des moissons de musiques
Cueillies par des mésanges
Et des lapins magiques
Qui volent des oranges

2 Elle a au fond des yeux
Des miroirs bariolés
Qui ont des airs de lacs
De sang et d'eau mêlés
Et des enfants perdus

Qui se sont retrouvés
Pour un grand bal masqué
Où rien n'est interdit

Refrain :
Tout ce que je vous dis
Elle l'a au fond des yeux } *bis*

3 Elle a au fond des yeux
En cadeau partagé
Le silence et la paix
D'un grand fleuve soumis
Dix armées en déroute
Que ne blesse aucun doute
Et des ressuscités
Aux plaies cicatrisées

4 Elle a au fond des yeux
Un horizon de feu
Où s'embrasent les cœurs
Des marins oubliés
Une échelle de rêve
Sur laquelle se tient
Un homme abandonné
Qui me ressemble bien, bien, bien

Jouez violons, sonnez crécelles

Paroles : Étienne Roda-Gil. *Musique :* Julien Clerc.

1 Jouez violons,
Sonnez crécelles,
En souvenir des demoiselles
Des demoiselles
Aux longs jupons
Sonnez crécelles,
Jouez violons !

2 Si cette chanson vous rappelle
Le temps où vous étiez si belles
Où vous faisiez de vos jupons
Les voiles d'un bateau fanfaron

3 C'est que le temps est aux demoiselles
Ce qu'il est aux pauvres hirondelles
Il faut faire voler ses jupons
Il neige bien avant la saison...

4 C'est une chanson roturière
Sans préambule
Et sans manière
Que je vous chante sans façon
Sonnez crécelles, jouez violons...

5 Elle est peut-être un peu légère
Cette pauvre chanson sans manière
Que jouent sur n'importe quel ton
Des crécelles mêlées aux violons

6 C'est que le temps est aux demoiselles...
Ce qu'il est aux pauvres hirondelles
Il faut faire voler ses jupons...
Il neige bien avant la saison...

7 Jouez violons,
Sonnez crécelles,
En souvenir des demoiselles
Des demoiselles
Aux longs jupons
Sonnez crécelles,
Jouez violons !

8 C'est une chanson roturière
Sans préambule
Et sans manière
Que je vous chante sans façon
Sonnez crécelles, jouez violons...

9 Si cette chanson vous rappelle
Le temps où vous étiez si belles
Où vous faisiez de vos jupons
Les voiles d'un bateau fanfaron

10 C'est que le temps est aux demoiselles
Ce qu'il est aux pauvres hirondelles
Il faut faire voler ses jupons
Il neige bien avant la saison...

11 Elle est peut être un peu légère
Cette pauvre chanson sans manière
Que jouent sur n'importe quel ton
Des crécelles mêlées aux violons

12 C'est que le temps est aux demoiselles
Ce qu'il est aux pauvres hirondelles
Il faut faire voler ses jupons...
Il neige bien avant la saison...

La citadelle

Paroles : Étienne Roda-Gil. *Musique :* Julien Clerc.

1 Dans la citadelle soumise et rebelle
Dans cette nuit cruelle tu m'attends ce soir
Comme le roi barbare d'un peuple bizarre
Qui t'arracherait là de tous les remparts
Pour te libérer au moins pour un soir
Pour te raconter au moins une histoire
Pour t'émerveiller d'étranges musiques
Et t'amener danser, t'amener danser
Mais voilà, mais voilà

2 Dans la citadelle tu gardes l'espoir
Près d'une porte terne au fond d'un couloir
Tu attends derrière que j'ose ce soir
Dire à tes ancêtres que je veux te voir
Pour te libérer au moins pour un soir
Pour te raconter au moins une histoire
Pour t'émerveiller d'étranges musiques
Et t'amener danser, t'amener danser
Mais voilà, mais voilà *(bis)*

3 Ta vieille citadelle s'écroule ce soir
Plus de prisonnière et plus de rempart
C'est mieux qu'un dimanche et dans tes bas bleu-noir
Mets ta robe blanche nous partons ce soir
Je t'ai libérée au moins pour un soir
Pour te raconter au moins une histoire
Pour t'émerveiller d'étranges musiques
Et t'amener danser, t'amener danser
Et voilà, et voilà *(bis)*

La longue épine

Paroles : Étienne Roda-Gil. *Musique :* Julien Clerc.

1 Avec une craie sanguine
Je te cherche trait pour trait
Je tâtonne et je devine
Ce qui serait ton portrait

2 Une fossette divine
Un sourire bien heureux
Et une bien longue épine
En barrette dans tes cheveux

Refrain :
J'ai bien retrouvé l'épine
Au milieu d'un bien grand creux
Quelque part dans ma poitrine
Comment retiens-tu tes cheveux ? *(ter)*

3 Avec une craie marine
Je pourrais faire tes yeux
De ce bleu que j'imagine
Et qui me rendrait heureux

4 Une couleur coraline
Un sourire bien heureux
Et une bien longue épine
En barrette dans tes cheveux

Au refrain.

5 Le temps passe et je m'escrime
À retrouver ton portrait
Dans les visages anonymes
Dont tout l'univers est fait

6 Une candeur angevine
Dans deux grands yeux nuageux
Et une bien longue épine
En barrette dans tes cheveux

Au refrain.

Laisse le monde

Paroles : Étienne Roda-Gil. *Musique :* Julien Clerc.

1 Le matin sonne, tu t'éveilles
Et c'est toujours, toujours le même refrain
Les nouvelles sont presque bonnes
Et personne jamais ne parle de ton destin...

2 On dit qu'ailleurs, des tonnes de fureur
Se posent bien en douceur
Sur la lune...

Refrain :
Oublie le monde, oublie le monde
Et viens
Oublie le monde, oublie le monde
Et viens
Laisse le monde, laisse le monde
Loin

3 Tous les matins, tu es presque en retard
En jetant un dernier regard
Au chien qui court, dans l'espace de la cour
Et qui sera bientôt aveugle et sourd...

4 Tu sais très bien qu'il mourra
De n'avoir jamais vu
Une forêt rousse ou verte...

Au refrain.

5 Tu sais très bien
Qu'un matin, tu seras avec moi,
Dans la mer des étoiles...

Au refrain.

Le Canon de la Nation

Paroles : Étienne Roda-Gil. *Musique :* Julien Clerc.

1 Je t'ai donné rendez-vous
J'avais choisi l'endroit
Je sais bien que c'est un peu fou
C'est comme ça...

2 Je me dis que cet endroit
Est fait pour ça
Cette place est loin de tout
Loin de tout...

Refrain :
Je suis au pied du Canon
De la Nation...
Je viens de me commander
Un thé au citron

Je me suis bien installé
Devant l'entrée
J'ai le regard et les genoux
Dans un grand flou...

3 Les deux colonnes barbares
Comme des cheminées
Encagent le ciel gris, bizarre
Argenté...

4 Deux, trois arbres survivants
Aux marchands de cure-dents
Tremblent encore tout étonnés
D'exister...

Refrain :
Je suis au pied du Canon
De la Nation
Planté devant mon septième
Thé au citron...

Je vois sans le regarder
Le vieux garçon
Qui commence à s'inquiéter
Pour l'addition...

5 Le flipper un peu mou...
Ne répond plus du tout
Il a dû faire sa guerre
À Nanterre...

6 Des enfants sages, malheureux
Marchent seuls, deux par deux
Tout en rêvant de la guerre,
De la guerre...

Refrain :
Je suis au pied du Canon
De la Nation

Je ne peux même plus compter
Mes thés au citron...

Mais tu viens de m'arriver
Et en plein front...
Je ne vois plus le Canon
Ni la Nation...

Le marteau

Paroles : Étienne Roda-Gil. *Musique :* Julien Clerc.

Refrain :
Encore une fois de son marteau
Il frappait le fer qui était chaud oh...
Encore une fois de son marteau
Il frappait le fer qui était chaud oh...

1 Quand le soleil secouait enfin la nuit
Il allumait un très grand feu
D'où il faisait jaillir son pain, sa vie
Du fond de ses dix doigts noueux...

2 Et d'une montagne d'efforts
Il faisait ruisseler de l'or
Et à ce métal en fusion
Il imposait sa raison...

Au refrain.

3 Quand le grillon saluait enfin la nuit,
Quand s'éteignait le très grand feu
Il regagnait en paix son vieux logis
Et son très très grand lit de buis

4 Comme un vieux fleuve détourné
Ce qu'il forgeait lui échappait
Ce qui jaillissait de ses bras
Faisait la fortune des rois, mais...

Au refrain.

5 Et pourtant dans cette vie
Tout ce qu'il forge est à lui
Les joies, les jours et les nuits...

Le patineur

Paroles : Étienne Roda-Gil. *Musique :* Julien Clerc.

1 Dans une ville où je passais
Bien au nord du mois de juillet
Sur un grand lac, un lac gelé
Un homme en noir glissait, glissait
Il avait un drôle d'habit noir
Qui avait dû faire les grands soirs
De l'Autriche et de la Hongrie
Quand elles étaient réunies

Refrain :
C'était un échassier bizarre
Il ne sort pas de ma mémoire
Sur une jambe et jusqu'au soir
Il glissait là sur son miroir...

Il patinait...
Il patinait...
Sur une jambe il patinait

2 Et puis la nuit est arrivée,
Il lui a fallu s'arrêter
Car les enfants devaient rentrer,
Le spectacle était terminé
Une belle femme aux cheveux blancs,
Est venue vers lui gentiment
Mettre une canne dans sa main
Et un long manteau sur ses reins...

Au refrain.

3 Dans une ville où je passais
Bien au nord du mois de juillet
Sur un grand lac, un lac gelé
Un homme en noir boitait, boitait
Il patinait...
Il patinait...
Sur une jambe il patinait

London-Derry

Paroles : Étienne Roda-Gil. *Musique :* Julien Clerc.

1 C'était une petite musique
Qui leur réchauffait les tripes
Un petit frisson d'harpe celtique
Qui les rendait nostalgiques

2 Elle la chantait sans histoires
Je la voyais sans y croire
Et ses cheveux flous au fond du bar
Faisaient une tâche rouge dans le noir...

Refrain :
Je ne sais plus les paroles
De cet air de casserole
Cet air dont ils raffolent
Près de London-Derry *(bis)*

3 C'était comme des mots magiques
Dans une langue désespérée
Il était question de chiens et d'Anglais
Et d'un grand ciel labouré...

4 On dit qu'ils sont catholiques
Courageux et alcooliques
Mais leurs enfants même les tout petits
Savent se servir d'un fusil

Au refrain.

5 C'était une petite musique
Un vieux refrain gaélique
Chanson à boire qui a mal tourné
Comme une prière naufragée

6 Elle la chantait sans histoires
Je la voyais sans y croire
Et ses cheveux flous au fond du bar
Faisaient une tâche rouge dans le noir

Au refrain.

Sertao

Paroles : Étienne Roda-Gil. *Musique :* Julien Clerc.

1 Je crois que ce mot
Voyage incognito
Sauf parmi tous les enfants du Brésil
C'est un mot tout chaud
Qui vous colle à la peau
Tout juste comme un murmure sur un ruisseau : Sertao

2 Oh ! Imagine le Sertao
Où résonnent les grelots
Accrochés sur les chapeaux
Des cangaceiros
Cangaceiros *(ter)*
Dans un grand désert sans eau

3 Imagine le Sertao
C'est un grand désert sans eau
Où survivent les chevaux
Des cangaceiros
Cangaceiros *(ter)*

4 Il vivait là-bas
Depuis quinze ans déjà
Ne connaissait rien d'autre du Brésil
Ni les rythmes chauds,
Ni la vague, ni l'eau
Pas les bacchanales du carnaval, carnaval...

5 Mais il était du Sertao
Comme s'enlise un ruisseau
Et rêvait d'un grand chapeau
De cangaceiro
Cangaceiros *(ter)*
Pour s'en aller au plus tôt

6 Il était du Sertao
Comme s'envole un oiseau
Qui ne va jamais bien haut
Dans la lumière
Puis vers la terre,
Parmi les pierres... revient bientôt

7 Mais, il était du Sertao
Comme s'enlise un ruisseau
Et rêvait d'un grand chapeau *bis*
De cangaceiro
Cangaceiro *(ter)*
Pour s'en aller au plus tôt

Si on chantait

Paroles : Étienne Roda-Gil. *Musique :* Julien Clerc.

1 La grande ville
Mange la ville
La grande ville
Mange la vie...

2 Marie si belle
Marie vaisselle
Marie chandelle
Plume d'hirondelle...

3 Fleur sans colline
Pleurs en cuisine
Marie sans fard
Fleur de brouillard

Refrain :
Si on chantait
Si on chantait
Si on chantait
Si on chantait
Eh eh eh la la la
Si on chantait la la la la
Si on chantait la la la la
Marie divine si on chantait
Si on chantait
Si on chantait
Si on chantait
Si on chantait
Eh eh eh la la la

Si on chantait la la la la
Si on chantait la la la la
Si on chantait

4 Ce qui me peine
N'est pas que j' t'aime
Le temps se lasse
Le cœur efface

5 Parmi les femmes
Pourquoi le taire
Celles qui te ressemblent
Je les préfère...

6 Marie divine
Sans mousseline
Dans ta cuisine
Je t'imagine...

Au refrain.

1973

Bec de Lièvre

Paroles : Étienne Roda-Gil. *Musique :* Julien Clerc.

1 Les gens comme lui
Ne font plus les foires
Alors ils essayent les histoires
Mais personne n'écoute un seul mot
C'est toujours trop bas
Ou trop haut...

Refrain :
Son visage de confection
Est sans mesures et sans finitions
Il est loin d'être distingué
Comme un chien qu'on a oublié
De noyer...

Pendant ce temps,
Le front de mer est un peu saoul
Il va, il vient,
Il est jaloux
Comme sa lèvre qui s'anime
D'une marée de salive
Qui monte doucement vers vous...
Vers vous...

2 Les dames, on l'empêche de les regarder
Car il pourrait bien les déranger
Alors il crache ses sanglots
Dans les fleurs tendres des roseaux

Au refrain.

3 Mais il en est sûr maintenant
On ne le regardera jamais plus comme avant
« Bec de Lièvre » est le seul survivant
D'une race rouge saignée à blanc
Saignée à blanc

Ça fait pleurer l' Bon Dieu

Paroles : Étienne Roda-Gil. *Musique :* Julien Clerc.

1 Ils ont au fond de leurs mouchoirs
Un tout petit peu de brouillard
Pour dissimuler leur chagrin
Quand ils pleurent dans leurs mains...

Refrain :
On n' saura jamais très bien
Pourquoi pleurent les enfants
Faudrait leur dire plus souvent
Ce que disent les paysans :

Pleure donc, pleure donc pas comme ça
Ça fait pleurer l' Bon Dieu la la
Ça fait pleurer l' Bon Dieu

Pleure donc, pleure donc pas comme ça
Ça fait pleurer l' Bon Dieu la la
Ça fait pleurer l' Bon Dieu... Bon Dieu...

2 C'est ainsi que les paysans
Bercent leurs enfants malheureux
C'est ce que croient les enfants
En essuyant leurs grands yeux

Au refrain.

3 Depuis j'ai appris bien sûr
Que l' Bon Dieu ne pleurait pas
Du moins pas aussi souvent
Pas aussi souvent que l'on croit

Refrain :
Mais chaque fois que je vois
Quelqu'un pleurer près de moi
Je ne peux pas m'empêcher
De doucement lui chanter :

Pleure donc, pleure donc pas comme ça
Ça fait pleurer l' Bon Dieu la la
Ça fait pleurer l' Bon Dieu
Pleure donc, pleure donc pas comme ça
Ça fait pleurer l' Bon Dieu la la
Ça fait pleurer l' Bon Dieu... Bon Dieu...

Ce n'est pas

Paroles : Étienne Roda-Gil. *Musique :* Julien Clerc.

1 Ce n'est pas que tu sois frivole
Tu n'en as jamais eu le temps
Et la liberté sur parole
N'est pas de ton tempérament

2 Ce n'est pas que tu sois plus belle
Mais l'amour que je t'ai donné
Chaque jour te fait nouvelle
Depuis l'hiver jusqu'à l'été

3 Ce n'est pas que tu sois méchante
Les hérissons te font pleurer
Quand ils trouvent sur les pistes glissantes
Une mort de fruit éclaté

4 Ce n'est pas que tu sois jalouse
Tu connais tous mes souvenirs
Mais tu es comme une jeune épouse
Au matin où je vais partir

5 Ce n'est pas que tu sois farouche
Tu connais bien trop de chansons
Mais que je me prenne la bouche
À n'importe quel hameçon
Te ferait perdre la raison *(bis)*

} *bis*

Cécile

Paroles : Maurice Vallet. *Musique :* Julien Clerc.

1 Je te connais si bien
Que tu as dû ce matin
Encore, une fois de plus,
Exhumer les photos,
Regarder le piano
Et jeter sur la rue
Et les murs un peu sales
Un sourire triste et pâle
Cécile, Cécile } *bis*
Cécile, Cécile

2 Et aujourd'hui encore
Des nouvelles, peut-être,
D'un ami exilé
Qui voyage dans le Nord
Il n'y a pas si longtemps
Le brouillard était doux
Quand nous voguions ensemble
Et tes mains qui en tremblent
Cécile, Cécile } *bis*
Cécile, Cécile

3 Le chien n'a pas compris
Alors tu le confies
De plus en plus souvent
Au voisin du dessus
Toi tu aurais voulu
Qu'il se laisse mourir
Parmi les souvenirs

Mais il joue comme avant
Cécile, Cécile } *bis*
Cécile, Cécile

4 Il est bientôt huit heures
Et la vie n'attend pas
Dehors se lève déjà
La cohue du matin
« Le malheur te va bien »
Comme la joie d'ailleurs
C'est un jour comme un autre
Tu en connaîtras d'autres
Cécile, Cécile } *bis*
Cécile, Cécile

Heureux le marin qui nage

Paroles : Étienne Roda-Gil. *Musique :* Julien Clerc.

1 Heureux le marin qui nage
Dans les eaux de son courage
Heureux le capitaine
Dont la gloire est certaine
Et qui meurt un beau matin
Frappé au pied de son mât
De son mât *(bis)*

2 Heureux les bateaux fantômes
Dans les eaux du rêve des blondes
Heureux les drapeaux pirates

Rubans noirs sur peaux d'albâtre
Flottant dans les mers nouvelles
Où les phares se promènent
Les grands soirs *(bis)*

3 Heureuses les multitudes
Dans leurs longues solitudes
Heureuses aussi les éponges
Dans les fonds où nul ne plonge
Sans voir bientôt sa cervelle
S'échapper de ses oreilles
Dans le noir *(bis)*

4 Heureux tous ces funambules
Qui sur leurs fils déambulent
Heureuses aussi les épouses
Dans les fonds où rien ne bouge
Où les couleurs sont fidèles
Et les passions éternelles
Sans savoir *(bis)*

5 Que ce monde est un vertige
Accroché sur une tige
Que dans les mers blondes et sombres
Des espaces de tous les mondes
Un dieu vieux, sourd et débile
De ses dix mains malhabiles
Jongle pour des imbéciles

6 Que ce monde est un vertige
Accroché sur une tige
Que dans les mers blondes et sombres
Des espaces de tous les mondes
Un dieu vieux, sourd et débile

De ses dix mains malhabiles
Jongle pour des imbéciles
Dans le noir *(bis)*

Introduction

Paroles : Étienne Roda-Gil. *Musique :* Julien Clerc.

1 J'écris de cette encre séchée
Et je chante pour toi
Cette chanson composée
De soie tramée dans le passé

2 Quelques jonques provisoires
Se balancent sur l'été
Et je sais maintenant
Combien je t'aimais
Je t'aimais

3 Des avions inutiles
Flottent dans l'automne
Et tu sais maintenant
Que je n'aime plus personne

Je sais que c'est elle

Paroles : Étienne Roda-Gil. *Musique :* Julien Clerc.

1 De ses deux bras tendus
Elle fait l'horizon et le ciel
Où sa tête en se balançant
Fait toute la course du soleil

2 Et d'une épaule à l'autre
Moi je sais que c'est elle
Oui ce nouveau soleil
Moi je sais que c'est elle...

3 Je ne veux pas te dire
Des serments éternels, éternels
Les réveils sont cruels

4 Et si l'on me demandait
Sur la terre où est mon ciel
Ou bien si j'ai de l'amour
Comme une vision nouvelle

5 Moi sans vouloir te nommer
Notre ciel n'a pas d'oreilles
Je leur dirai seulement de toi
Je sais que c'est elle *(ter)*

6 Sur ses deux jambes croisées
Se déchire un murmure
C'est la matière de ses bas
Qui se plaint et qui me torture

7 Et d'une cheville à l'autre
Moi je sais que c'est elle
Cette prison nouvelle
Moi je sais que c'est elle...

8 Je ne veux pas te dire
Des serments éternels, éternels
Les réveils sont cruels

9 De tes deux bras tendus
Tu fais l'horizon et le ciel
Où ta tête en se balançant
Fait toute la course du soleil

10 Moi sans vouloir te montrer
Je garde toujours mes merveilles
Toute la vie je leur répondrai
Je sais que c'est elle...

Le secret de l'amour

Paroles : Étienne Roda-Gil. *Musique :* Julien Clerc.

1 Si les vieilles voûtes
Ne s'écroulent pas
C'est que leurs pierres
Veulent tomber toutes à la fois

2 C'est une loi de la terre
C'est un très grand secret
Grand secret *(bis)*

Refrain :
C'est le secret de l'amour
Bien plus vieux que la misère
Et plus ancien que les fées
C'est le secret de l'amour

3 C'est le levier de la terre
Que le bras de l'homme soulève
Qui le fait vivre et chanter
C'est le secret de l'amour

4 Et si les hommes sont toujours là
C'est qu'ils survivent
Aux palais de leurs rois

5 Mais c'est ainsi que je t'aime
Et que je reste debout
Reste debout *(bis)*

Au refrain.

6 Ce vieux secret se partage
Du fond de la nuit des âges
À minuit il fait le jour
C'est le secret de l'amour

7 Tous les secrets ne voyagent pas
Comme les parfums
Ils séduisent parfois

8 Mais c'est ainsi que je t'aime
En te suivant pas à pas
Pas à pas *(ter)*

Au refrain.

Poissons morts

Paroles : Étienne Roda-Gil. *Musique :* Julien Clerc.

1 Poissons morts
Qui descendez le cours des fleuves
Poissons morts
Allez donc dire à mon amour
Que je cherche pour elle des fleurs *(bis)*
Des fleurs

2 Poissons morts
Bien sûr j'ai franchi la frontière
Poissons morts
Les hommes jettent des barrières
Toujours entre eux et le bonheur
Et le bonheur

3 Poissons morts
Allez donc dire aux moissonneuses
Poissons morts
Que la graisse de mitrailleuse
N'est pas la brillantine des dieux *(bis)*
De Dieu

4 Poissons morts
Qui descendez cette rivière
Poissons morts
Allez donc dire à mon amour
Que je me perds en longs discours
Méchants discours...

Radeau de pierre

Paroles : Étienne Roda-Gil. *Musique :* Julien Clerc.

1 Ce n'est qu'un radeau, ma belle
L'amour que vous avez pour moi
Mais c'est un radeau de pierre
Et vous savez qu'il sombrera...
J'aimerais me rappeler le souvenir
De vos caresses,
J'aimerais me rappeler le souvenir
De vos tendresses...
Mais toujours
Dans ma cour *(bis)*

2 Ce sont des moineaux sans ailes
Qui viennent piailler autour de moi
Les traces de vos ongles, cruelle,
Dans leurs flancs sanglants, je les vois...

3 Ils viennent me rappeler le souvenir
De vos caresses
Ils viennent me rappeler le souvenir
De vos tendresses... *(bis)*
Vos tendresses... *(bis)*

4 J'aimerais bien oublier le souvenir
De vos caresses
J'aimerais bien oublier le souvenir
De vos tendresses... *(bis)*
Vos tendresses... *(bis)*

5 Ce n'est qu'un radeau, ma belle
La vie que vous me proposez
Mais c'est un radeau de pierre
Et vous savez qu'il va sombrer
Savez qu'il va sombrer... *(bis)*

Vous

Paroles : Étienne Roda-Gil. *Musique :* Julien Clerc.

1 Miels cristaux et vents de sable
Dans ce monde épouvantable
On vous couvre de bijoux *(bis)*

2 Miels cristaux et sur vos tables
Tous les fruits que les notables
Viennent manger à genoux *(bis)*

3 Puis les rats d'hôtel s'endorment
Puis se dissipent les formes
Et la nuit me rend à vous

4 Reine d'une ruche lointaine
Inaccessible et pleine
De serviteurs jaloux *(bis)*

5 Miels cristaux et vents de sable
Où je revois votre image
Fondent comme un sel roux *(bis)*

6 Vous, enfuie dont la silhouette
Vient se cogner dans ma tête
Comme un aveugle fou *(bis)*

7 Vous, dans les cristaux sans âge
Où flotte votre image
Perdue dans les bijoux

8 Vous dans cette prison médiévale
Qui traîne dans les étoiles
Des oriflammes mous
Des oriflammes mous *(ter)*

1974

Bateau pressé, capitaine pas bon

Paroles : Étienne Roda-Gil. *Musique :* Julien Clerc.

1 Un quai c'est beau
Un quai c'est long
C'est pas toujours la même chanson
Mais tonne de coton
Ou tonne de plomb
Si bateau pressé, capitaine pas bon

Refrain :
Bateau pressé, capitaine pas bon *(ter)*

2 Et pour bien faire notre affaire
Il n'y a pas d'intermédiaires
Et pour charger ou décharger
Il n'y a que nous qu'on a trouvés

Au refrain.

3 Quand le Congo n'est pas là
On appelle le Ghana
Et si le Ghana fait le sourd
C'est qu'il doit faire l'amour

Au refrain.

4 Un quai c'est beau
Un quai c'est long
Charger, décharger c'est ma chanson
Mais tonne de coton
Ou tonne de plomb
Si bateau pressé, capitaine pas bon

Au refrain.

C'est une Andalouse

Paroles : Étienne Roda-Gil. *Musique :* Julien Clerc.

1 Pauvre loup tremblant et blessé
Mon cœur pleure sa vieille liberté
Depuis que les dents farouches
D'un monstre hâlé
Déchirent mon cœur et mon passé

Refrain :
C'est une Andalouse
Et elle peut prendre ma vie
Quand elle sourit
Quand elle se fait douce
Elle me blesse aussi tant pis

C'est une Andalouse
Et son cœur insoumis
Dévore ma vie
Et sans qu'on la pousse
Elle peut tuer aussi, tant pis

2 Mon Dieu bénissez les brebis
À qui l'amour simple est permis
Au fond de quels orages
De quelles mêlées
Fut créé ce monstre pressé

Au refrain.

3 Au fond de ta vie toi qui ris
Toi qui te crois bien à l'abri
Demande aux dieux superbes, de ton pays
De t'épargner cette angoissée

Au refrain.

Danse s'y

Paroles : Étienne Roda-Gil. *Musique :* Julien Clerc.

1 J'ai fait un pont de ma vie
Là sur le cours de ta vie
Il craque sous tes pieds ravis
Il ploie sous l'envol de tes nuits

Refrain :
Danse s'y, danse s'y, danse s'y, danse s'y
Danse la la la, danse la la la, danse danse danse oh oh
[danse

2 Et de l'Ukraine à la Russie
Il enjambe tous les pays
De l'Alaska à Miami
Sur tous les continents surpris
Danse s'y, danse s'y, danse s'y

3 J'ai fait un pont de ma vie
Qui va de samedi à samedi
Le travail y est interdit
Il peut durer toute la vie

Au refrain.

4 Danse s'y, danse s'y, danse s'y...
Les jours de peine où tu t'ennuies
Il se fera un pont-levis
Il lèvera tous tes ennuis
Enjambera tous tes jours gris
Mais danse s'y...

Au refrain.

5 J'ai fait un pont de ma vie
Là, de ta vie à ma vie
Et puis quand elle sera finie
Sans un murmure et sans un cri
Viens, danse s'y...

Au refrain.

Le ciel tatoué

Paroles : Étienne Roda-Gil. *Musique :* Julien Clerc.

1 Les enfants du voyage
Sont malheureux
La petite fille des manèges
Est bien comme eux
Jamais les mêmes rues
Ni le même regard
Toujours des inconnues
Toujours la même histoire

Refrain :
Elle vit sous un grand ciel tatoué
De roses bleues *(bis)*
Qui n'est jamais, jamais, jamais
Du même bleu *(bis)*

2 Les lanceurs de couteaux
Sont amoureux
De la belle trapéziste
Qui se fout d'eux
Et la petite fille sait
Des choses qu'on ne sait pas *(bis)*
Surtout à cet âge-là

Au refrain.

3 Les enfants du voyage
Sont mystérieux
La petite fille des manèges
Est bien comme eux

Elle rêve d'une maison
Ancrée au coin d'un feu
Et d'un ciel immobile
Toujours du même bleu...

Au refrain (bis).

Le directeur du Grand Hôtel

Paroles : Étienne Roda-Gil. *Musique :* Julien Clerc.

1 Le directeur du Grand Hôtel de ta ville,
Ce matin ne parlait pas assez bas.
Il a dit méprisant à un portier timide :
« Les bagages du saltimbanque au 523 »

Refrain :
Bohémien bâtard
Mercenaire de hasard
Musicien presque noir
Bohémien bâtard
Mercenaire de hasard
Je viens, pour toi ce soir
T'apporter des nouvelles
Du pays des chansons
Où s'envolera ton cœur

2 Ce soir je vais chanter
Pour toi, pour ce portier
Et pour ce directeur

Si un beau jour il pleure
De n'être pas aimé
Ou d'être méprisé
Ou d'être justement
Seulement ce qu'il est...

Au refrain.

3 Ce soir je vais chanter
Sans pouvoir distinguer
Ce brave directeur
Du dernier des serveurs

4 Qu'il sache que je sais
Qu'au fond de son gilet
Il a en guise de cœur
Un gros galet *(bis)*

Le maître du palais

Paroles : Étienne Roda-Gil. *Musique :* Julien Clerc.

1 J'étais le maître d'un palais
Que ravageaient les cigarettes blondes
Une langue morte s'y promenait
Parmi les colonnes tartrées, tartrées

2 Je jouais tous les jeux
Je gagnais tous les mondes
Et je sifflais parfois
Des refrains oubliés, oubliés

3 Si bien que du présent
Et de ses apparences
J'avais le dégoût froid
Subtil et alangui, alangui

4 La mer se transformait
En vieille fosse d'aisance
Où la jeune industrie
Venait se soulager, se soulager

5 Les héros du futur
Peuplaient mon existence
Les monstres du passé
Forgeaient notre avenir, notre avenir

6 Comment voulez-vous
Que je vous aime autrement
Gainée de soie marine
Enfouie de goélands
Comment voulez-vous
Que je vous aime autrement

Le petit animal

Paroles : Maurice Vallet. *Musique :* Julien Clerc.

1 C'est un vrai petit animal
Parfois canard
Parfois renard
Et mes mains dans ses plumes

Font s'envoler
Tant de chansons
Que parfois elle s'enrhume
Sous mes caresses
Sans raison

2 C'est un vrai petit animal
À moitié lynx
À moitié sphinx
Et mes yeux quand elle passe
Vont dénicher tant d'horizons
Que souvent elle trépasse
Sous mon regard
Sans raison, sans raison

Refrain :
Oh oh chanson du matin
Amour serein oh oh
Et chanson du soir
Amour bizarre
Si bizarre

3 C'est un vrai petit animal
Parfois souris
Ou bien brebis
Et ma bouche sans répit
Toujours avoue tant de moissons
Que parfois elle sourit
D'un air si doux
Et sans raison

4 C'est un vrai petit animal
Parfois canard
Parfois renard

Et son amour pour moi
Fait refleurir
Tant de saisons
Que j'en oublie parfois
La vie, la mort
Et la raison, la raison

Refrain :
Oh oh chanson du matin
Amour serein oh oh
Et chanson du soir
Amour si bizarre
C'est un vrai petit animal } *bis*
Animal

Le piano-éléphant

Paroles : Étienne Roda-Gil. *Musique :* Julien Clerc.

1 Mon piano est un éléphant
Et l'ivoire de ses dents
Que je caresse me console
Me console...
Mon piano est un éléphant
Il est partout, je suis dedans
Et sa vieillesse me console
Me console...

2 Il marche de son pas puissant
Franchit les Alpes en un instant
Et dans le salon il s'envole
Il s'envole...

3 Mon piano est un éléphant
Qui se plaint des mauvais traitements
De mes caresses, de mes paroles
De mes paroles... } *bis*

4 Il franchit le désert des temps
C'est un bateau, un continent
Un baril de rhum au printemps
Au printemps...

5 Mon piano est un éléphant
Dans la jungle d'un appartement
C'est ma mémoire et mon printemps
Et mon printemps... } *bis*

Je suis dedans, je suis dedans, je suis dedans...

Les boucles de Garonne

Paroles : Étienne Roda-Gil. *Musique :* Julien Clerc.

1 Adieu le goujon frais et lent
Adieu la carpe des étangs
Adieu les boucles de Garonne

2 Le roi anglais, les ducs normands
Et tous les princes allemands
M'ont arraché de ma Gascogne
Pour un caprice, pour un élan... } *bis*

3 Tous nos beaux princes partisans
Veulent planter leurs pics en Brabant

4 Adieu les tours de Carcassonne
Adieu mon fils, adieu ma douce
Où le vent des princes me pousse

5 Je m'en vais loin de ma Gascogne
Et je vous laisse la besogne
Que cette terre me pardonne
Elle qui pour nous fut si bonne

6 Je m'en vais loin de ma Gascogne
Meurtrir la terre brabançonne
Y semer le feu et la guerre
Me faire tuer ou tuer mes frères

7 Tous nos beaux princes partisans
Veulent planter leurs pics en Brabant
Où le vent des princes me pousse
Adieu les boucles de Garonne

Lune lune

Paroles : Étienne Roda-Gil. *Musique :* Julien Clerc.

1 Quand elle regarde la lune
La femme du boulanger
A une certitude
Ce sont des pains rangés

2 Quand il regarde la lune
Monsieur le curé
Y voit un réfectoire
Où les anges vont manger

Refrain :
Lune, lune, lune, lune
D'amertume ou bien sucrée
Lune, lune, lune, lune
Douce pomme de mon pommier

3 Quand il regarde la lune
Le si beau général
Y voit la grosse médaille
Qui manque à son poitrail

4 Quand il regarde la lune
Le marchand de journaux
Y voit des cosmonautes
Qui écoutent la radio

Au refrain.

5 Quand il regarde la lune
Le triste enfant gâté
Veut qu'on la lui achète
Pour pouvoir la jeter

6 Il n'y a qu'une lune
Et chacun de ses yeux
Y voit sa fortune
Son malheur ou bien les deux

Au refrain.

7 Quand je regarde la lune
Comme je suis amoureux
Je sais qu'elle regarde la lune
Et moi je suis heureux

Sans toi

Paroles : Maurice Vallet. *Musique :* Julien Clerc.

1 Ce matin
Presque habituel
Devant les fleurs
Immortelles
J'ai ressenti
Un instant
Passer la fin de ma vie

2 Dis-moi
Ce qui reste de toi
De toi
Infidèle et cruelle
Oh ma tête
Qui se vide
Sans toi

3 Ce matin
Un peu malin
Devant ma vie
Sans mentir
J'ai cru sentir
Comme un signe
Passer la mélancolie

4 Dis-moi
Ce qui reste de toi
De toi
Éternelle et enfuie
Oh ma tête
Qui se vide
Sans toi

5 Ce matin
C'est le chagrin
Devant les fleurs
Desséchées
J'ai essuyé
Cette larme
De la première tempête

6 Voilà
Ce qui reste de toi
De toi

Insouciante et mortelle
Oh ma tête
Qui se vide
Sans toi

Terre de France

Paroles : Étienne Roda-Gil. *Musique :* Julien Clerc.

1 Nous sommes des gens
Parfois gais
Quand on est triste
Il fait mauvais

2 Ce sont les choses du temps
Qui ont fait nos tempéraments

3 Tu peux bien changer de nom
Le visage de tes régions, de nos frontières
Accrocher des fleurs fanées sur nos calvaires
Sur nos calvaires

Refrain :
Tu es ma terre
Mon désert qui s'en va
Tu es ma terre, ma mère et mon hiver...

4 Nous sommes des oiseaux géants
Nous ne voyageons pas souvent
Nous avons l'amour du nid
Que certains appellent patrie

5 Tu peux bien changer de nom
Et le cours de tes saisons, de nos rivières
Parsemer de taches bleues le blé qui lève
Le blé qui lève

Refrain :
Tu es ma terre, mon désert qui s'en va
Tu es ma terre, ma mère et mon combat

6 Tu peux bien changer de nom
Inventer des religions et des chimères
J'ai dessiné sur ton dos comme un étang
Où flottent mes rêves

Refrain :
Tu es ma terre, mon désert qui s'en va
Tu es ma terre, ma mère qui est là...

7 Nous sommes des gens
Parfois gais
Quand on est triste
Il fait mauvais
Ce sont les choses du temps
Qui ont fait nos tempéraments

1975

Ballade pour un fou

Paroles : Horacio Ferrer (auteur).
Étienne Roda-Gil (adaptateur).

Musique : Astor Piazzolla.

1 Tu vois, je suis planté, planté, planté,
Au milieu du désert dont mes rêves sont faits
Des enfants astronautes gonflent mon cœur
Pour le voir s'envoler au milieu des splendeurs.

2 Tu vois, je suis planté, planté, planté,
Au cœur de Buenos Aires, la ville aux yeux fardés
Au fond de cet estuaire, où viennent les pétroliers
Donner à la rivière, un long baiser salé.

Refrain (bis) :
Loco, Loco, Loco
C'est le nom qu'ils me donnent
Et qui veut dire fou.
Et dans ce monde
Où tous les hommes se croient debout
Je suis le seul à me vanter
De me traîner à tes genoux.

3 Tu vois, je suis planté, planté, planté
Dans un ciel de réglisse, j'ai jeté mes dragées
Et c'est la croix du sud que je viens de semer
Et qui du fond du ciel étoile ton sommeil

4 Tu vois, je suis planté, planté, planté
Le souffle du bandonéon avale mes poignets
Les cils des feux rouges clignotent sans arrêt
Pour me faire chanter, me taire ou bien voler

Au refrain (bis).

Tu vois, je suis planté, planté, planté

Bien longtemps après

Paroles : Maurice Vallet. *Musique :* Julien Clerc.

1 Le visage s'évanouit
Lentement dans l'oubli
Et les voix et les rires
Comme des torrents taris
Ne courent plus dans ma tête
Je veux me souvenir
Je cherche la sortie
Mais il y a le temps
Qui laisse derrière lui
Des tombes à jamais muettes.

2 Mais bien longtemps après.
Et ça je le sais bien
Je peux encore pleurer
Je m'éveille surpris
Au bord d'un cauchemar

Tout au fond d'une nuit
Et bien longtemps après
Je peux toujours pleurer.

3 Le vent a balayé
Bien des choses cette année
Il a soufflé trop fort
Il a tout emporté
Et les âmes et les corps.
Le temps a travaillé
Besogneux et hargneux
Au ras de l'habitude
Il a tout effacé
Pour qu'il ne reste rien.

Dors bien

Paroles : Maurice Vallet. *Musique :* Julien Clerc et Philippe Lavil.

1 La nuit, petite
A la misère de cette terre
Défais ton lit
Dans la bannière de tes draps blancs

2 Dors bien
Oh dors bien
Sous ton traversin
Et dans tes poings
Étouffe bien les fruits malsains
De ton chagrin

3 Dors bien
Oh dors bien
De ton oreiller
Fais s'envoler
Les oiseaux nains
Et les abeilles
De ton sommeil

4 Ton cœur, petite
A des prières qui te torturent
La vie, petite
A la couleur de ton malheur
Alors, petite
Oublie ta peur
Ferme les yeux
Et dans tes draps

Elle voulait qu'on l'appelle Venise

Paroles : Étienne Roda-Gil. *Musique :* Julien Clerc.

1 Elle voulait
Que je l'appelle Venise
Vous me voyez
Maillot rayé, la voix soumise
En gondolier...

2 Pagayant pour une cerise
Pour un baiser
Elle voulait qu'on l'appelle Venise
Quelle drôle d'idée

Quelle drôle d'idée...
Quelle drôle d'idée...

3 Je fondais sous sa voix exquise
Vous me voyez,
Le cœur soumis et l'âme éprise
En marinier...

4 Puis elle a fui sans ses valises
Vers des brouillards peu mystérieux
Si elles veulent s'appeler Venise
Prenez-les donc bien au sérieux
N'essayez pas de trouver mieux

De trouver mieux
De trouver mieux...

5 Parfois elles rêvent de banquises
Puis elles préfèrent Tarzan furieux
Moi le cœur noué dans ma chemise
Je donne toujours ce que je peux...

6 Elle voulait que je l'appelle Venise
Les yeux trempés,
Les reins brisés, l'échine soumise
En marche-pied...

7 Me penchant comme la tour de Pise
Pour un baiser
Elle voulait qu'on l'appelle Venise
Quelle drôle d'idée...

Je voyage

Paroles : Maurice Vallet. *Musique :* Julien Clerc.

1 Je marche fragile comme une jonquille
Poussé au dos par un grand vent
Et toutes les pensées qui m'habillent
Me donnent un air de cerf-volant

2 Je prends des sentiers peu faciles
Qui vont traînant sur les collines
Où des tas d'arbres un peu graciles
Me tendent leurs bras et leurs racines

3 Je voyage, je voyage
Et dans ma tête et dans mes reins
L'idée de toi fait son chemin

4 Je passe tranquille dans les forêts
J'arrête un soir sous une cascade
Pour y siffler un vieux menuet
Avec des oiseaux de parade

5 Je trouve la mer au bout du ciel
Dans l'eau les planctons étincellent
Et dans le noir toutes les étoiles
Gonflent mon âme comme une voile

6 Je croise sans fin des cabarets
Des zincs mouillés et des gens ivres
Dans des pays où le ciel livre
Des tonnes d'envies et de regrets

7 Je plonge mon cœur dans des regards
Où flottent ennui et désespoir
Puis je repars pour voir ailleurs
Si le monde enfin n'est pas meilleur.

Juste comme un enfant

Paroles : Maurice Vallet. *Musique :* Julien Clerc.

1 Je voudrais m'éveiller
Jeune bébé plié
Dans le ventre de sa mère
Tirer mes très longs draps
Sur ma tête bouclée
Et dire que rien ne va

2 Je voudrais écouter
Tous les bruits de la rue
Et la conversation
De la pluie sur le toit
En me disant tout bas
Je ne me lèverai pas
Juste comme un enfant, comme un enfant *(ter)*

3 Je voudrais déboucher
Une bouteille de vin
En boire la moitié
Et puis verser le reste
Dans le creux de tes reins
Pour voir si tu dors bien

4 Je voudrais allumer
Une vraie cigarette
Oublier le cendrier
Et mettre le feu au lit
Tu pousserais sûrement
Enfin un cri surpris
Juste comme un enfant, comme un enfant *(ter)*

5 Je voudrais siffloter
Un air désespéré
Pendant qu'un beau voisin
T'emporterait très loin
Évanouie et serrée
Dans sa veste de cuir
Juste comme un enfant

6 Je voudrais continuer
Mon sommeil abrégé
Et me brûler les pieds
Tout en me récitant
Croix de bois, croix de fer
Si je meurs c'est l'enfer
Juste comme un enfant, comme un enfant *(ter)*

Les cafards

Paroles : Étienne Roda-Gil. *Musique :* Julien Clerc.

1 Des gens masqués
Pillent mes ruches
Des rats musqués
Font mes tiroirs
Et des cafards en habits noirs
Les coudes lustrés de poussière
Portant des titres de notaire
Font l'inventaire de mon avoir

2 On peut dire
Que j'embrasse le vide
Et les soirs de désespoir
Avec des passions de hasard
J'entretiens ma mémoire

3 Des gens masqués
Pillent mes ruches
Des rats musqués
Font mes tiroirs
Et des spadassins à fleuret
Le visage cerclé de grilles
Prennent mon miel
Et gâchent mon lait
Du fiel amer de la bêtise

4 Mon témoin c'est mon désespoir
Il frappe à ma porte pour me voir
Ce duel est perdu sans savoir

Pour un duel perdu sans savoir
Tu as encore gagné ce soir
Voici le temps des habits noirs.

Prends ton cœur par la main

Paroles : Étienne Roda-Gil. *Musique :* Julien Clerc.

1 Ne passe pas ton temps
À regarder tes mains
Crispées, tendues ou vides
Ou pleines de chagrin

2 Ne passe pas ta vie
En jours sans lendemain
Secoue un peu ton cœur
Et prends-le par la main...

3 Prends ton cœur par la main
Et oublie les saisons
Va-t'en faire des plongeons
Dans la nuit des néons

4 Prends ton cœur par la main
Traîne-le au cinéma
Même si sur l'écran pâle
Tu vois l'amour sans joie...

5 Prends ton cœur par la main
Comme on mène à l'école
L'enfant qu'il faut traîner
Qui pleure dans la rigole

6 Prends ton cœur par la main
Emmène-le chez moi
Un enfant de plus ou de moins
Fait les mêmes dégâts

7 Prends ton cœur par la main
Installe-le chez moi
Mets-le dans la lumière
Au lit ou dans mes bras

8 Prends ton cœur par la main
Et puis donne-le-moi
Et puis de tes deux mains
Fais ce que tu voudras...

Souffrir par toi n'est pas souffrir

Paroles : Étienne Roda-Gil. *Musique :* Julien Clerc.

Si un jour tu veux revenir
Sans mots, sans pleurs, sans même sourire,
Négligemment et sans te retenir
Sans farder du passé tout l'avenir...
Le soir quand je te vois sourire
Sur cette photo qui ne veut rien dire
Sous ta vieille lampe qui tremble, chavire
Tu viens grimacer dans mes souvenirs

Refrain :
Maintenant, comme avant,
Doucement, sans pâlir, sans mentir, sans souffrir...

Aujourd'hui, je te dis :
Souffrir par toi n'est pas souffrir,
C'est comme mourir ou bien faire rire
C'est s'éloigner du monde des vivants
Dans la forêt, voir l'arbre mort seulement...

Comme un jour tu viendras sûrement,
Dans ce salon qui perd son temps,
Ne parlons plus jamais de nos déserts...
Et si tu restes je mets le couvert

Refrain :
Maintenant, comme avant,
Doucement, sans pâlir, sans mentir, sans souffrir...
Aujourd'hui, je te dis :
Tous les voyages ne veulent rien dire,
Je sais des choses qui te feraient rire,
Si j'entassais des souvenirs par paresse
Ce sont tes vieux chandails que je caresse,

Maintenant, comme avant, doucement,
Restons-en au présent pour la vie,
Aujourd'hui, reste ici.

This melody

Paroles : Étienne Roda-Gil. *Musique :* Julien Clerc.

1 This melody
Is a melody for you
Cette mélodie

C'est l'océan entre nous
Cette mélodie
D'eau salée et de mélancolie
Dans ton pays
Elle te revient parfois
Comme ça, voilà, comme ça

Refrain :
Les gens d'ici ne sont pas plus grands plus fiers ou plus [beaux
Seulement, ils sont d'ici, les gens d'ici, comme cette mélodie

2 Le vent d'ici
Fait voler tous nos oiseaux
Les champs d'ici
Font ce qu'ils peuvent pour les troupeaux
Les gens d'ici
Qui ne connaîtront pas d'autre vie
Dans ce pays
Dont les fruits sont si beaux
Qu'on se contente des noyaux
This melody
Is a melody for you

3 Tu es partie
Mais ton rêve reste au chaud
Ce vieux soleil
Était trop fort pour ta peau
Cette mélodie
Qui reviendra parfois dans ta vie
Cette mélodie
Dans ta ville s'est transformée en pluie, en pluie

4 That's why
This melody is a melody for you

Une journée pour rien

Paroles : Maurice Vallet. *Musique :* Julien Clerc.

1 On s'était levé tôt
Moi je me suis assis
Tout au fond de l'auto
J'ai fait semblant de lire
Mais la boule dans la gorge
Annonçait les sanglots
Il pleuvait sur l'été
Et à travers mes larmes
J'ai aperçu danser
La route et puis les arbres
Mes pensées s'emmêlaient
Dans un trajet bizarre...

Refrain :
Je me suis dit
Tout fout le camp
Il gèle en plein juillet
Il gèle dans ma vie
Tout fout le camp
Il gèle dans ma maison
Il grêle sur les moissons

2 Il nous fallait aller
Tout au bout du pays
Descendre vers le sud
On croisait on doublait
De longues troupes rudes
Qui glissaient sous la pluie
J'ai mis de la musique
Forte comme de la brique

On s'est fait arrêter
On nous a demandé
Nos noms et nos papiers
Puis on est reparti...

Refrain :
Je me suis dit
Tout fout le camp
Il gèle en plein juillet
Il gèle dedans ma vie
Tout fout le camp
Il grêle dans les étoiles
Il grêle sur notre histoire.

3 Et plus on avançait
Plus j'allais dans ma peine
On avalait les plaines
Les villes et les rivières
Et le ciel nous donnait
Tout son chagrin immense
C'était un samedi
En fin d'après-midi
On était attendu
Par des gens nostalgiques
J'ai éteint la musique
Et je suis descendu.

Refrain :
Je me suis dit
Tout fout le camp
Il gèle en plein juillet
Il gèle dedans ma vie
Tout fout le camp
C'est une journée de plus
C'est une journée pour rien.

1976

À la fin je pleure

Paroles : Jean-Loup Dabadie. *Musique :* Julien Clerc.

1 Les beaux enfants
Qu'on faisait en parlant, ma belle
Du temps qu'on se plaisait
On n' les aura jamais

2 La belle maison
Pour nos petits garçons, ma belle
Le vent dans ses volets
On n' l'entendra jamais

3 Ce beau voyage
Dans une image
Tous ceux qui s'aiment
Ont fait le même
La même histoire
En couleur ou en noir
Et à la fin on pleure...
Ils nous ressemblent
Ceux qui un jour
N'ont plus l'amour de vivre ensemble
C'est une histoire que je connais par cœur
Mais à la fin je pleure

4 Les roses thé
Que nous avions plantées, ma belle
Ne fleuriront jamais
Ni nos idées rebelles
Le monde en or qu'on refaisait alors, ma belle
Du temps qu'on se plaisait
On n' le verra jamais

5 Ce beau voyage dans un orage
Tous ceux qui s'aiment ont fait le même
Et puis soudain dans le train on est seul
Et dans ses mains on pleure
Ils nous ressemblent ceux qui un jour
N'ont plus l'amour de vivre ensemble
C'est une histoire que je connais par cœur
Mais à la fin je pleure
Et les miroirs ne prennent pas garde
À ceux qui les regardent
Dans ta mémoire je suis de passage
Simplement de passage
Ils nous ressemblent ceux qui un jour
N'ont plus l'amour de vivre ensemble
C'est une histoire que je connais par cœur
Mais à la fin je pleure

À mon âge et à l'heure qu'il est

Paroles : Maxime Le Forestier. *Musique :* Julien Clerc.

1 Ne m' dites pas qu'à ma place
À mon âge et à l'heure qu'il est
À l'heure du marchand de lait
Je me lève et je la remplace
Nous sommes d'un bois qui se tasse
Attachés de plus en plus fort
Quand elle bouge, je me tords
Quand elle geint, mon rêve passe
Dans les pays où elle s'endort
Elle m'est chevillée au corps
Il faudrait l'arracher d'abord

2 Elle m'est chevillée au corps
Plus loin encore
Qu'elle s'en aille
Un corps étranger de chaleur
M'a fait au cœur
Comme une entaille

3 Ne m' dites pas qu'à ma place
Il suffit de baisser les yeux
Pour passer une nuit aux cieux
D'autant plus que j'habite en face
La brune verra dans ma glace
Une trace de cheveux blonds
La rousse verra sur mon front
Une image qui se déplace
Dans les pays où elle s'endort
Elle est imprimée sur mon corps
Il faudrait l'effacer d'abord

4 Elle s'est ancrée dans mon corps
Et depuis lors
Quand elle s'évade
Comme elle vide toute l'eau
Sous mon bateau
Je suis en rade.

5 Ne m' dites pas qu'à ma place
Le moindre vide se remplit
De la première fille-pluie
De la première ondée qui passe
Laissez mon port à marée basse
Et mon bateau bien amarré
Je rêve d'un raz de marée
Jeté sur les rives d'en face
Dans les pays où elle s'endort
Elle s'est ancrée dans mon port
N'allez pas la noyer, de grâce,
De grâce...

Aujourd'hui rien n'est normal

Paroles : Étienne Roda-Gil. *Musique :* Julien Clerc.

1 Aujourd'hui, rien n'est normal
Il pousse des ailes à mon cheval
À mon cheval
Et des éperons à mes sandales

2 À force de chanter dans les bals
J'ai enfin trouvé une étoile
Une étoile
Qui trouve à son goût mes chandails

Refrain :
Aujourd'hui tout m'est égal
J'irai plus tout seul au bal
Aujourd'hui je n'ai plus mal
Je vais chanter dans les étoiles

Aujourd'hui tout m'est égal
Il pousse des ailes à mon cheval
Aujourd'hui rien n'est normal
J'ai les poches pleines de feux de Bengale

3 Depuis l' temps que je tombais
Et que tout seul j' me ramassais, ramassais
De n'importe quel animal

4 Elle m'a dit prends ce cheval
Je serai là si tu as mal
Si tu as mal
C'est parfois pointu une étoile

Au refrain.

Autres amis

Paroles : Maxime Le Forestier. *Musique :* Julien Clerc.

1 Les mêmes matins d'hiver
Les mêmes yeux mal ouverts
Les mêmes maîtresses
Les mêmes genoux griffés
Pour trouver à l'arrivée
La même maîtresse
On se répétait sans cesse

2 Amis
Amis
Contre tous les coups du sort
De la journée
On sera deux
Amis
Amis
À la vie comme à la mort
Plus emmêlés
Que nos cheveux

3 Quand trop vite on a grandi
On se retrouve transi
Loin des jeux de bille
Sous nos boutons de malheur
À se torturer le cœur
Pour la même fille
Est-ce assez pour qu'on oublie ?

4 Amis
Amis
On a le sens de l'humour

Quand sont trop lourds
Ces chagrins-là
Amis
Amis
À la vie comme à l'amour
Chacun son tour
Les portera

5 Tant d'histoires partagées
De coups de cœur échangés
D'amour et d'insultes
Pour ne pas s'apercevoir
Qu'on est dix ans sans se voir
Dans tout ce tumulte
Pour se retrouver adulte

6 Amis
Amis
On n'a plus rien à se dire
On a fini
Par arriver
Amis
Amis
Doucement à devenir
Deux abrutis
Deux étrangers

Black out (Faire l'amour ici)

Paroles : Étienne Roda-Gil. *Musique :* Julien Clerc.

1 Black out
Black out
Les sirènes ont des ennuis
Elles crient : Gens de Paris
C'est l'incendie

2 Black out, Black out
Plus de lumière parmi les bruits
On fuit, dans tout Paris
Vers d'autres vies

3 Viens surtout ce soir
Ne lâche pas ma main
Les rues sont pleines
D'amours sans lendemain

4 Faire l'amour ici
Dans une ville qui hier
S'appelait Paris
Faire l'amour ici
Quand le béton croule
À peine fini
Faire l'amour ici
Comme les enfants
Mangent les fruits
Faire l'amour ici
Pour se dire
Qu'on est encore en vie
Encore en vie

5 Black out, Black out
Les boulevards sont en folie
Ils plient sous les roulis
Des gens qui fuient

6 Black out, Black out
Le monde rêve de Normandie
Samedi... dans tout Paris
Même sous la pluie

7 Viens, surtout ce soir
Ne lâche pas ma main
Les rues sont pleines
D'amours sans lendemain

8 Faire l'amour ici
En chassant la Seine
Pour prendre son lit

9 Faire l'amour ici
Dans des trains à l'aube
Déjà pleins de nuit

10 Faire l'amour ici
Dans des rues qui flambent
D'affiches qui crient

11 Faire l'amour ici
Pour se dire
Qu'on est encore en vie
Encore en vie

J'aime ton corps

Paroles : Maxime Le Forestier. *Musique :* Julien Clerc.

1 J'aime ton corps de ballets roses
Où mes mains en balais déposent
Des pépites sous l'eau qui dort
Balayées de lumière
Je vois des poussières
Avec des reflets d'or
À crever sous les dunes
À ruiner la lune
À faire un homme mort

2 J'aime ton corps de délit grave
Où le feu du délire aggrave
Le creux des lits où tu as chaud
Délicate crevasse
Où mon temps se passe
À rêver en sursauts
Torturé solitaire
À rentrer sous terre
À chaque soubresaut

3 J'aime ton corps de métier d'armes
Dont la moindre amitié alarme
Les canons pointés de ton œil
Et tirant boulets rouges
Sur tout ce qui bouge
Et passerait mon seuil
Admettez messieurs dames
D'éviter le drame
Et de me laisser seul

4 Près de ce corps de garde ferme
Qui jaloux me garde et m'enferme
Mais qui me rend enfin heureux

Je suis mal

Paroles : Jean-Loup Dabadie. *Musique :* Julien Clerc.

1 Je suis mal
Dans ma peau, ce soir
Je suis seul sur la terre
Sous une lune noire

2 Je suis mal
Dans ma vie, ce soir
Comme un oiseau bizarre
Qui ne tient pas en l'air

3 Et je vais sous la pluie
À Paris, France
Et dans les rues je suis
Comme en souffrance

Refrain :
Mais qu'est-ce que tu as ?
Je ne sais pas...
... Non, je ne sais pas...

4 Je suis mal
Dans ta peau, ce soir
C'est la fin d'une histoire
Fair' l'amour de mémoire...

5 Je suis mal
Dans ta vie, ce soir
Je ne veux plus me voir
Dans ton regard-miroir

6 Ma musique même
N'est plus la même
Il y a comme un défaut
À mon piano

Au refrain.

7 Je suis mal
Dans ma vie, ce soir
Ceux qui sont dans le noir
Comprennent cette peine

8 Ceux qui vont sous la pluie
À Paris, France...
Et qui sont dans leur vie
Comme en souffrance...

... Je suis mal

Le cœur trop grand pour moi

Paroles : Jean-Loup Dabadie. *Musique :* Julien Clerc.

1 Je ne sais pas son prénom
Mais je sais qu'elle m'a dit non
Elle était sous le lilas
De sa villa

2 Ce soir comment te le dire
Bien sûr tu vas me maudire
Mais je l'aime et je t'aime quand même

3 J'ai le cœur trop grand pour moi
Elle s'appell' Jeanne je crois
Oui, c'est ça...

4 Dans toutes vos différences
Il n'est qu'une ressemblance
C'est cet amour flou
Que j'ai pour vous

5 Oh je t'aime
Oh je l'aime
Vous êtes la tourmente
De mon âme violente
Je vous aime
Je vous aime

6 Je ne suis pas homme à femmes
Dans ma vie la solitude
Si souvent, souvent
A pris ses habitudes

7 Je serais plutôt de ceux
Qui parlent en baissant les yeux
Et qui disent encore madame aux dames

8 J'ai le cœur trop grand pour moi
Il bat trop fort pour moi
Oui, c'est ça

9 Et tes larmes me désarment
Mais son rir' me fait souffrir
Et je pars ce soir pour le hasard

10 Oh je t'aime
Oh je l'aime
Vous êtes la tourmente
De mon âme violente
Je vous aime
Je vous aime

11 C'est cet amour flou
Que j'ai pour vous

Les jours de joie

Paroles : Étienne Roda-Gil. *Musique :* Julien Clerc.

1 J'ai bâti tant de châteaux
De pierre de sable et de roseaux
Puis j'ai vu leurs murs couler
En un jour ou en une année

2 J'ai laissé passer les fêtes
Comme un ami qu'on voit partir
À courir après des miettes
Et pour vivre et pour m'étourdir

3 Les jours de joie
Laisse-les vivre
Les souvenirs laiss'-les courir
Quand ils sont là
Laisse-toi vivre *(bis)*

4 Les jours de joie
Laisse-les rire
Les souvenirs
Laiss'-les mourir
Ne t'en fais pas
Laisse-les rire

5 J'aimerais trop peu ou trop
Parfois trop tard parfois trop tôt
En passant sans dire un mot
Des grands rires aux grands sanglots

6 Et crois-moi si le temps passe
Laisse-le partir où il veut
Ce qu'il écrit tu l'effaces
Et tu gardes ce que tu veux

Romina

Paroles : Maurice Vallet. *Musique :* Julien Clerc.

1 J' me lève et j' mets dans mon café
Deux ou trois larmes pour le saler
Rien de nouveau dessous la porte
Sauf un billet pour la mer Morte

2 À la radio, on n' parle pas d' toi
Et dans la glace on ne voit qu' moi

Refrain :
Romina, Romina
T'as laissé bien trop d' place chez moi
T'as laissé trop d' traces sur mes doigts
Sur mon piano et sur mon cœur

3 Je ferme et j' descends l'escalier
Je tangue comme un bateau paumé
Sans mon pilote et sans ma foi
Je risque de bientôt m'écraser

4 Dans les journaux, pas d' mots sur toi
Mais dans l'orage on ne voit qu' moi

Au refrain.

5 Je vais nager dans le quartier
Avec ma peine à mes souliers
Et ma boussole déréglée
M'entraîne dans de drôles de pensées

6 À mon ciné, une photo d' toi
Mais à l'entrée, il n'y a pas qu' moi

Au refrain.

1977

Angèle

Paroles : Jean-Loup Dabadie. *Musique :* Julien Clerc, Christian Padovan, Gérard Kawczynski.

1 Je m'en fous bien de n'être rien
Parmi ces larmes, qu'un jouet qui parle
Je m'en fous bien qu'elle ne soit rien
À ce qu'il semble, qui me ressemble

Refrain :
Angèle, le ciel est bleu, ta mère est belle, très belle
Angèle, le ciel est bleu, ta mère est belle, si belle

2 Pas une goutte de mon sang n'est dans le sien
Je m'en fous bien
Elle fait ma pluie et mon beau temps
Dans sa vie je suis un passant

Au refrain.

3 C'est dans les roses qu'on trouve toutes les petites filles
Ça c'est facile, oui mais il faut trouver la rose
Ça c'est autre chose

Au refrain.

4 Elle se fout bien des lendemains, elle sait à peine dire « je [t'aime »
Je m'en fous bien de n'être rien parmi ses larmes
De jouet qui parle

Partir

Paroles : Jean-Loup Dabadie. *Musique :* Julien Clerc.

1 Depuis l'enfance
Je suis toujours en partance
Je vais je vis
Contre le cours de ma vie

2 Partir partir
On a toujours
Un bateau dans le cœur
Un avion qui s'envole
Pour ailleurs
Mais on n'est pas à l'heure

3 Partir partir
Même loin de quelqu'un
Ou de quelqu'une
Même pas pour aller chercher fortune
Oh partir sans rien dire

4 Vivre en s'en allant
Et en s'envolant
Et les gens l'argent
Seraient du vent

Mais c'est vrai le temps
Nous prend trop de temps...

5 Partir partir
Même loin loin de la région du cœur
N'importe où la peau
Change de couleur
Partir avant qu'on meure

6 Partir partir
Comme les trains sont bleus
Quand on y pense
Et les bateaux heureux
Quand on y danse
Oh partir sans rien dire

7 Mais c'est vrai le temps
Nous prend trop de temps
Et on n'appareille
Pour aucun soleil
Et pendant ce temps
On est vivant...

8 Partir partir
On a toujours
Un bateau dans le cœur
Un avion qui s'envole
Pour ailleurs
Mais on n'est pas à l'heure

9 Partir partir
Même loin loin de la région du cœur
N'importe où la peau
Change de couleur
Partir avant qu'on meure

Partir partir
Comme les trains sont bleus
Quand on y pense
Et les bateaux heureux
Quand on y danse
Oh partir sans rien dire

Si tu frappes à la tête

Paroles : Étienne Roda-Gil. *Musique :* Julien Clerc.

Tu serrais un bâton
Et je ne l'avais pas vu
Moi je rêvais sur l'herbe
Une fois de plus
Tu as choisi l'instant
Où je t'aimais le plus
Tu étais dans mes rêves
Tu étais dans ma vie
Tu étais dans mes fièvres
Tu dormais dans mon lit

Refrain :
Si tu frappes à la tête
Tu écraseras le cœur
C'était le bon conseil
Tu n'as pas fait d'erreur
Et ils te l'ont donné
Et tu les as suivis
Si on frappe à la tête
Le cœur craque aussi

2 Le bâton s'est levé
Je n'ai rien vu de plus
Peut-être ton visage
Par tout l'effort tendu
Et ma tête a roulé
Là-bas dans les rues
Dans des entailles boueuses
Sur un gazon fichu
Parmi les étoiles grises
Des pierres et des fœtus

Au refrain.

3 Dans une nuit de gare
Sans attente et sans but
Ma tête roule roule } *bis*
Dans un amas confus

Au refrain.

Quand on frappe à la tête } *bis*
Le cœur craque aussi

Tu dis ça

Paroles : Étienne Roda-Gil. *Musique :* Julien Clerc.

1 Ton parapluie est une ombrelle
Et ta raison une folie
Tu dis ça

Il n'y a pas de vie réelle
Moi c'est bien ailleurs que je vis
Tu dis ça

2 Si je vivais auprès de toi
J'aurais de la pluie sur les doigts
Tu dis ça
Si je vivais auprès de toi
J'aurais des larmes dans mes draps
Tu dis ça

3 Tu dis qu'il n'est rien de fidèle
Et qu'il n'y a rien d'infini
Tu dis ça
Tu dis que tu attends la grêle
Le jour où l'amandier fleuri
Tu dis ça

4 Si je vivais auprès de toi
J'aurais de la pluie sur les doigts
Tu dis ça
Si je vivais auprès de toi
Je ne me reconnaîtrais pas
Tu dis ça

1978

Dans mon cirage

Paroles : Maurice Vallet. *Musique :* Julien Clerc.

1 Je suis assis près d'un piano
C'est un moment entre l'hiver et l'été
Mes doigts s'effacent comme des pattes de mouettes
Au bout d' mon clavier

2 Il y a du bruit autour de moi
Et des voix en anglais glissent dans les baffles
Une guitare discrète swingue nonchalante
Dans un coin de studio

3 Et mon cœur retrouve le tien
Un avion invisible décolle
Aveugle imbécile de ce coin d'Amérique
Il emporte vers toi une chanson muette

Refrain :
Dans mon cirage
J'oublie tout, tout, tout
Et dans toute ma joie
Je n'existe que pour toi

4 Je suis assis près d'un piano
C'est un moment entre le jour et la nuit
La fatigue a transformé la guitare
En vieille fanfare ivre

5 Dans ce pays où tu n'es pas
Je ne sais plus ni le mois ni la saison
Je vais faire ma nuit dans un motel
Comme dans les romans noirs

6 Et mon cœur retrouve le tien
Un bateau doucement balance
Lourd et trop fragile dans ce port d'Amérique
Chargé pour toi d'une cargaison d'amour

Au refrain.

7 Et mon cœur retrouve le tien
Un bateau doucement balance
Lourd et trop fragile dans ce port d'Amérique
Chargé pour toi d'une cargaison d'amour

J'ai eu trente ans

Paroles : Maxime Le Forestier. *Musique :* Gérard Kawczynski.

1 Dors ma ville aux pluies d'automne
Odeurs de craie qu'enfant griffonne
Trottoirs mouillés
Les marronniers
Bonsoir.

2 Dors, ma nuit au goût amer
De ces étés des bords de mer
Parents couchés

Rêves éveillés
Bonsoir.

3 Tous mes souvenirs s'enfument
Aux trente bougies qui s'allument
Je soufflerai
J'arrêterai
Plus tard.

4 Tous mes souvenirs s'écartent
Un peu semblables au jeu de cartes
Aux mains du joueur
Quand il n'y aura plus de donne
Même s'il y a maldonne.

5 Au café des certitudes
Aux vieux flippers de l'habitude
Aux jeux gratuits
Des loteries
Bonsoir.

6 À l'idole qui finit mal
Avec Blondie dans un journal
Maîtres à penser
Maîtres à chanter
Bonsoir.

7 C'est le temps de plus d'excuse
Au vieil écolier qui s'amuse
Ce qui n'est pas
Ne sera pas
Plus tard.

8 Dans l'emploi du temps qui reste
Y'a plus de nuits, y'a plus de siestes
Y'a plus de cafard
Ceux qui regardent en arrière
Ne voient que de la poussière.

9 Oh, ma ville aux pluies d'automne
Un jour, si ton parfum m'étonne
Cheveux mouillés
Gorge serrée
Du soir.

10 Promets-moi de faire silence
Avec mes souvenirs d'enfance
J'ai eu trente ans
Je suis content
Bonsoir.

Jaloux de tout

Paroles : Étienne Roda-Gil. *Musique :* Julien Clerc, Christian Padovan.

1 Ce soir je viens me glisser dans tes rêves
Dans cette mer que le désir soulève
Laisse-moi faire de toi mon trésor
Comme Harpagon à genoux sur son or...

2 Tes paupières de fièvre
Sont à moi, sont à moi
Tes frayeurs, tes rêves
Sont à moi, sont à moi, sont à moi...

Refrain :
Jaloux
Oui jaloux
Jaloux et jaloux
De tout...

3 Quand tu t'en vas seule vers d'autres affaires
Je sais toujours où tu es sur la terre
Je gagne toujours au jeu d' colin-maillard
Les yeux bandés même quand il fait noir

4 Tes hanches qui m'enchaînent
Sont à moi, sont à moi
Tes yeux en colère
Sont à moi, sont à moi, sont à moi...

Au refrain.

5 Ne venez pas traîner sur mes falaises
Où mon amour se promène à son aise
Même si ce n'est que pour nous regarder
Un accident est si vite arrivé...

6 Tes jours dans la lumière
Sont à moi, sont à moi
Tes nuits, leurs mystères
Sont à moi, sont à moi, sont à moi...

Refrain :
Jaloux
Oui jaloux
Jaloux et jaloux de tout *(bis)*

Je dors avec elle

Paroles : Étienne Roda-Gil. *Musique :* Julien Clerc.

1 Oiseaux rapaces
Quand elle passe
Perdez sa trace
Depuis tout là-haut

2 Oiseaux en chasse
Fendez l'espace
Je dors avec elle
Je dors dans ses ailes
Ce soir

3 Oiseaux sauvages
Tournez la page
De mes voyages
Avions et bateaux
Dans cette cage
Comme une plage
Je dors avec elle
Je dors dans ses ailes

4 Oiseaux volages
Qui dans les nuages
Faites ménage
Alouettes et corbeaux
Ce jour s'achève
À la gare du rêve
Je dors avec elle
Je dors dans ses ailes

5 Oiseaux fidèles
Pliez vos ailes
C'est la plus belle
Du ciel et de l'eau
Dans cette cage
Comme une plage
Je dors avec elle
Je dors dans ses ailes
Ce soir

6 Oiseaux rapaces
Oiseaux en chasse
Oiseaux sauvages
Depuis tout là-haut

7 Oiseaux volages
Oiseaux fidèles
Je dors avec elle
Je dors dans ses ailes } *bis*
Ce soir }

La face cachée de notre amour

Paroles : Maurice Vallet. *Musique :* Julien Clerc.

1 Ce sont des mots, des frissons, des langueurs
Qui me tiennent éveillé en sentinelle
Et font sur notre histoire
Cet amoureux discours

Ce sont des mots qui m'accompagnent
La face cachée de notre amour
Tu ne les connais pas
Comme on ignore la partie noyée d'un iceberg

2 C'est ton visage qui me surprend
En solitude parmi les gens
Ce sont des flashs qui me traversent
Devant la glace dans le matin

3 Ce sont des mots, des frissons, des langueurs
Qui me tiennent éveillé en sentinelle
Et font sur notre histoire
Cet amoureux discours

4 Ce sont des mots qui se promènent
Au fond de mon âme bien au calme
Tu ne les connais pas
Comme on ignore la partie noyée d'un iceberg

5 Ils sont écrits dans une langue
Que je crois bien abandonnée
Alors ils restent dans ma voix
Entre mon cœur et mon gosier
Sur le piano et sur mes doigts
Parmi tous les mots sans bagage
De ce dictionnaire clandestin
Toi doucement tu voyages
Sans le savoir comme un iceberg emprisonné
De ta banquise à ma raison

Le cœur nu

Paroles : Étienne Roda-Gil. *Musique :* Julien Clerc.

1 Certains disent : tout est possible
D'autres : tout n'est pas possible
Mais moi ma cible
C'est de traverser la mer glacée
Et sur le pôle
M'en aller danser

2 Le corps perdu dans les glaces
Du vieux monde qui s'efface
Tout seul je nage
Dans une mer de glace dressée
Où les montagnes voyagent
Tout l'été

3 J' m'en vais, j' m'en vais, j' m'en vais
J' m'en vais l' cœur nu } *bis*

4 Dans cette mer incertaine
Je n'accroche aucun problème
Mon ancre traîne
Au creux d'une mer à fond perdu
Là où aucun bateau ne vient plus

5 Et du pôle Nord aux équinoxes
Loin des montagnes d'Écosse
Là où les morses
Se parlent à coups de dents pointues
En pointillés sur leur chair nue

J' m'en vais, j' m'en vais, j' m'en vais...

6 S'il n'est pas de son époque
Ce cœur qui joue les breloques
Pour une idiote
Qu'on le jette aux porcs de ta rue
Comme une perle de plomb mal fondue

7 Certains disent : tout est possible
D'autres : tout n'est pas possible
Mais moi ma cible
C'est de trouver ma vie perdue
Avec ta vie au coin d' nos rues

J' m'en vais, j' m'en vais, j' m'en vais...

Les amours sans larmes

Paroles : Jean-Loup Dabadie. *Musique :* Julien Clerc.

1 Doucement
Les adieux simplement
On est malheureux à deux

2 Doucement
En partant pas de drame
Charme des amours sans larmes...

3 Et je vois
Cent mille oiseaux sur les toits
C'est à moi *(bis)*
Emporte ton nom sur la porte

Garde ton âge il est à toi
On jouera nos idées aux dés
Laisse ton ombre, elle est à moi.

4 Doucement
Les adieux simplement
On change de sentiments

5 Doucement
Comme avant. Café crème
Pour les amours sans « Je t'aime »
Et je vois
Cent mille oiseaux comme toi
Comme toi *(bis)*
Il n'y a pas d'oiseaux modèles
D'oiseaux fidèles aux aquarelles
Ils ont comme un besoin de ciel
Et c'est pour ça qu'ils ont des ailes

6 Doucement
Simplement tu t'envoles
Dans un dessin sans paroles

7 Doucement
Les adieux
Simplement
On enlève un peu de bleu

8 En partant
Doucement. On se quitte
On est quitte. Va-t'en vite

9 Doucement
Les amours, pas de larmes
Charme des amours sans larmes

Ma préférence

Paroles : Jean-Loup Dabadie. *Musique :* Julien Clerc.

1 Je le sais
Sa façon d'être à moi parfois
Vous déplaît
Autour d'elle et moi le silence
Se fait
Mais elle est
Ma préférence à moi...

2 Oui, je sais
Cet air d'indifférence qui est
Sa défense
Vous fait souvent offense...

3 Mais quand elle est
Parmi mes amis de faïence
De faïence
Je sais sa défaillance...

4 Je le sais
On ne me croit pas fidèle à
Ce qu'elle est
Et déjà vous parlez d'elle à
L'imparfait
Mais elle est
Ma préférence à moi...

5 Il faut le croire
Moi seul je sais quand elle a froid
Ses regards
Ne regardent que moi

bis

6 Par hasard
Elle aime mon incertitude
Par hasard
J'aime sa solitude...

7 Je le sais
Sa façon d'être à moi, parfois
Vous déplaît
Autour d'elle et moi le silence
Se fait
Mais elle est
Elle est ma chance à moi
Ma préférence à moi
Ma préférence à moi...

Macumba

Paroles : Étienne Roda-Gil. *Musique :* Julien Clerc.

1 Le sourd entend
L'aveugle voit
Et on dit que c'est grâce à toi
À ta musique qui bat, qui bat
Le mal s'en va quand tu es là
Sorcier de là-bas *(bis)*

2 Le serpent parle
Le vautour boit
Et on dit que tu fais tout ça
Pour libérer ce qui est là
Au fond de nous
Comme un magma...
Sorcier de là-bas *(bis)*

3 Macumba, Macumba
Magie noire et blanche à la fois

4 Macumba, Macumba
Ce soir, ce soir
Je crois en toi
Oh Macumba, oh Macumba
À ton sorcier et à ta voix
Oh Macumba
À sa musique qui bat...

5 Rends-moi sauvage
Comme autrefois
Et rends-moi bon
Tout à la fois
Ce soir, ce soir, je crois en toi
En ta musique qui bat, qui bat
Sorcier de là-bas *(bis)*

6 Macumba, Macumba
Magie noire et blanche à la fois
Macumba, Macumba
L'amour revient, la mort s'en va
Oh Macumba, Macumba
Grâce au sorcier et à sa voix

7 Oh Macumba, à sa musique qui bat, qui bat
Le sourd entend
L'aveugle voit
Sorcier de là-bas
Le serpent parle
Le vautour boit
Sorcier de là-bas
Rends-moi sauvage
Comme autrefois
Sorcier de là-bas
Et rends-moi bon
Tout à la fois
Sorcier de là-bas

Travailler, c'est trop dur

Paroles et musique du folklore acadien.

Arrangeur : Zachary Richard.

Refrain :
Travailler, c'est trop dur, et voler, c'est pas beau.
D'mander la charité, c'est quéqu' chose j' peux pas faire.
Chaque jour que moi j' vis, on m' demande de quoi
[j' vis.
J' dis que j' vis sur l'amour, et j'espère de viv' vieux !

Et je prends mon vieux ch'val, et j'attrap' ma vieille selle
Et je sell' mon vieux ch'val pour aller chercher ma belle.
Tu connais, c'est loin d'un grand bout de d' là, de Saint-
[Antoine à Beaumont

Mais le long du grand Texas, j' t'ai cherchée bien
[longtemps.

Et je prends mon violon, et j'attrap' mon archet,
Et je joue ma vieille valse pour fair' le monde danser.
Vous connaissez, mes chers amis, la vie est bien, bien,
[bien courte
Pour se faire des soucis, alors ce soir allons danser !

Au refrain (bis).

1979

La chanson d'Émilie Jolie et du grand oiseau

En 1979, Philippe Chatel compose un double album intitulé Émilie Jolie *pour lequel un nombre important de vedettes de la chanson française interprètent des chansons : Georges Brassens, Louis Chédid, Julien Clerc, Alain Souchon... disque qui devient « disque d'or ». À l'occasion du présent ouvrage, Philippe Chatel est heureux de remercier Julien Clerc de sa contribution au succès de ce qui est devenu l'année suivante une comédie musicale, qu'a réalisée Jean-Christophe Averty.*

Paroles et musique : Philippe Chatel.

(Émilie)
Je m'appelle Émilie Jolie *(bis)*
Je voudrais partir avec vous tout au bout du ciel
Sur vos ailes
Et je voudrais vivre avec vous ma vie

(Le grand oiseau)
Tu t'appelles Émilie Jolie *(bis)*
Tu voudrais partir avec nous tout au bout du ciel
Sur nos ailes
Et tu voudrais vivre avec nous ta vie

(Émilie)
Oui c'est ça vous m'avez compris
Alors dites-moi oui...

(Le grand oiseau)
Mais y'a tant de choses à voir avant
De partir pour le firmament
Y'a tant de pages à tourner
Ta vie ne fait que commencer
Y'a tant de choses à voir avant
De partir pour le firmament
Y'a tant de jours et tant de nuits
Tu es au début de ta vie

(Émilie)
J'ai tant de choses à voir avant
Mais n'oubliez pas pour autant
La petit' fille aux cheveux blonds
Qui vous a chanté sa chanson
Je m'appelle Émilie Jolie *(bis)*
Et si un jour je deviens vieille
J'irai par le ciel
Sur vos ailes
Au rendez-vous du paradis

(Le grand oiseau)
Mais prends le temps de vivre ta vie
Ma petite Émilie Jolie
Tu sais dans les pays rêvés
Les oiseaux ne sont pas pressés...
Au revoir Émilie,
Et tourne bien toutes les pages...

(Émilie)
Oui, monsieur l'oiseau, au revoir !

(Le grand oiseau)
Adieu.

(Le conteur)
Allez, viens Émilie.
Tu sais, les oiseaux ont toujours raison.
Tu dois lire les autres pages,
C'est la loi des livres d'images.
Oh, mais dis donc, tu sais la meilleure ?
On est à la page des oiseaux,
Et on a failli rater l'autruche !
Faut dire aussi qu'elle est jamais à l'heure...

36 FRONT POPULAIRE

Après avoir composé une musique pour un téléfilm sur l'histoire du Front populaire, Jean-Pierre Bourtayre, séduit par ce sujet, décide d'en faire un opéra moderne, un opéra rock.

Il en parle à Étienne Roda-Gil et Jean-Claude Petit qui acceptent ce projet.

Avec l'accord des Disques Pathé-Marconi, un double album est mis en chantier pour enregistrer une vingtaine de chansons.

. Julien Clerc accepte d'en chanter sept, et le disque sort en 1978.

Robert Hossein, séduit à son tour par cette idée, demande à Étienne Roda-Gil d'en écrire un livret.

Les choses vont traîner. Étienne Roda-Gil ne trouve pas l'inspiration, jusqu'au jour où, à son tour, un producteur américain se manifeste pour monter l'opéra à Broadway. Sans plus de succès.

Les mois et les années vont passer, et cette œuvre ne verra jamais le jour sur scène, alors que, parallèlement, les chansons passent à la radio avec beaucoup de succès, notamment « Ça commence comme un rêve d'enfant », « Chanson d'André Malraux », etc.

Paroles : Étienne Roda-Gil. *Musique :* Jean-Pierre Bourtayre, Jean-Claude Petit.

Adieu les larmes de la terre

Lui

Adieu les larmes de la terre
Adieu les grands peuples de frères
Adieu les espoirs qu'on enterre
Rendez-vous n'importe où
Dans quelque temps

Chœurs

Rappelons-nous
Les vagues de fer
Lancées debout sur le palais d'Hiver
Gardons en nous
La grande marée
Debout au mur des Fédérés

Elle

Adieu les larmes de la terre
Bonjour les peuples encore en guerre
Adieu le pouvoir populaire
Rendez-vous n'importe où
Dans quelque temps

Chœurs

Rappelons-nous
Les vagues de fer
Lancées debout sur le palais d'Hiver
Gardons en nous
La grande marée
Debout au mur des Fédérés

Lui

Adieu les larmes de la terre
Adieu les grands peuples de frères
Adieu les espoirs qu'on enterre
Rendez-vous n'importe où
Dans quelque temps

Barcelone juillet 36

1 Quand je crache doucement
De ma bouche coule du sang
Comme d'une blessure sans pansement
Héritée d'une guerre vagabonde

2 Dans mes poumons évidemment
Il y a les cavernes du temps
Tapissées de velours rouge
Si rouge qu'il est noir la nuit

Refrain :
Et il fait nuit dans ces pays *(bis)*

3 J'ai Barcelone dans les poumons
Bien à l'abri dans sa prison
Il y a aussi mes compagnons
Et quand ils gueulent à l'abandon
Il coule du sang de mes poumons } *bis*
Il coule du sang de mes poumons

Ça commence comme un rêve d'enfant

1 Ça commence
Comme un rêve d'enfant
On croit que c'est dimanche
Et que c'est le printemps

2 Toi et moi
On s'en va regarder
Le soleil sous les branches
Et puis parler de toi... et moi...

3 Si tout change
Et s'arrange

4 Il y aura des étés
Pour toi
Et pour moi
Tu verras

5 Ça ressemble
À un rêve d'enfant
On croit que c'est dimanche
Et que c'est le printemps

6 La radio
Donne enfin des nouvelles nouvelles
Et nous parle
Enfin un peu de toi... et moi...

7 Si tout change
Et s'arrange

8 Il y aura des étés
Pour toi
Et pour moi
Tu verras

9 Ça commence
Comme un rêve d'enfant
On croit que c'est dimanche
Et que c'est le printemps

Chœurs :
Toi et moi
On a ployé le dos
Cent fois
Toi et moi
On a toujours vécu
Sans joie

Chanson d'André Malraux

1 Il n'y aura pas de surprise
Je vous raconte la fin
L'Histoire est une femme en chemise
Elle me sourit
Elle me dit : « Viens »...

2 Il me suffit d'une valise
D'un faux passeport et d'un bout de pain
Et du désert à la banquise
J'irai écrire mon destin

Refrain :
Je donnerai la peau et les os
Pour être un jour André Malraux
Je donnerai la peau et les os
Pour faire sourire Greta Garbo

3 J'irai jusqu'au bout de la terre
Voir les peuples en révolution
Et je vous dirai leur misère
Leurs combats et leurs illusions

4 La mer de Chine est une ardoise
Je veux y écrire mon nom
La terre d'Espagne est une femme
Et je veux l'aimer sans raison

Au refrain.

Chanson pour elle

Pour elle
Si l'orage lui cachait le ciel
Alors je balayerais le ciel
Pour elle
Pour elle si le ciel cachait son soleil
Alors je creuserais le ciel
Pour elle
Voilà ce que je peux vous dire
De l'avenir
Même si je devais en mourir
Mourir
Pour rien
On se bat pour quelqu'un
Pour lui faire une vie plus belle

Sans elle
La vie ne vaudrait rien sans elle
Les jours seraient toujours pareils
Sans elle
Demain
Si nous échouons encore demain
Je recommencerai de plus belle
Pour elle
Voilà ce que je peux vous dire
De l'avenir
Même si je devais en mourir
Mourir
Pour elle
Et s'il ne brillait pas pour elle
Alors j'éteindrais le soleil
Pour elle
Pour elle...

Le bonheur

1 Le bonheur c'est tellement loin
Que même le printemps n'y peut rien
Le bonheur c'est tellement loin
Que personne, personne s'en souvient

2 C'est là que les trains s'envolent
Pour nous arracher de la terre
Et nous inventent un jour la mer...

3 C'est la plus vieille des idées folles
Le grand bonheur
Le grand bonheur...

4 Le bonheur au quotidien
C'est la certitude du pain
Le bonheur au quotidien
C'est l'espoir qui dort dans nos mains

5 Sur les routes ou les chemins
Qui vont au fond des grands déserts
Ou bien se perdent dans la mer...

6 C'est l'horizon des cœurs en peine
Le grand bonheur
Le grand bonheur...

7 C'est la plus vieille des idées folles
Le grand bonheur
Le grand bonheur...

8 Le bonheur c'est tellement loin
Que même le printemps n'y peut rien
Le bonheur c'est tellement loin
Que personne, personne s'en souvient } *bis*

Nous serons toujours là

L'espérance est dans la ville
C'est un' bell' femme immobile
Et ell' tremble un peu parfois
Elle a peur elle a froid
Puis elle marche tranquille
Nous montre un bonheur très possible
Et ell' s'éloigne pas à pas
Avec la victoire à son bras
Tout au bout de quelques mois
On s'aperçoit par hasard
Que c'est encor' pour plus tard

On fait l'amour avec elle
L'espérance nous donne des ailes
On croit que le monde entier
Va enfin changer

On fait l'amour avec elle
Mais elle devient cruelle
On voit que le monde entier
Va bientôt l'écraser

Tout là-bas nos compagnons
Aveuglés de leurs passions
De leur sang écriv' l'histoire
En couvrant leur terre de gloire

Et du fond de nos régions
On voit monter les légions
Des chemis' brunes et des noires
Qui s'en vont broyer l'histoire

Dans les champs et les villes
Dans les mines et dans les bois
On invente l'impossible
L'espérance est toujours là
La victoire est dans la ville
Dans nos murs et sous nos toits
Comme une neige timide
Près d'un grand feu de joie

L'union était trop fragile
Et quand on traverse une ville
Tous les manèges et les soldats
On les voit on les voit
La victoire semblait si facile
Même quand le bonheur est terrible
Le printemps a peur et parfois
Il s'en va il s'en va
Mais
Nous serons toujours là
L'espérance plein les bras
Nous serons toujours là
L'espérance plein les bras
Nos enfants après toi après moi...

1980

Belinda

Paroles : Serge Gainsbourg. *Musique :* Julien Clerc, Marty Simon.

1 Je me déguise en homme pour être quoi
Juste pour n'être rien tu n' comprends pas ça
Belinda

2 J'aime les cimetières et les sous-bois
Mais ce joli plan-là tu ne le vois pas
Belinda

3 Tu es à côté d' la plaque je n' te dis que ça
Lorsque tu me touches tu n' me saisis pas
Belinda

4 Je ne comprends pas pourquoi
Tu ne me comprends pas
Et pourtant ça fait déjà
Trois fois que j' suis avec toi
Petite Belinda
Petite Belinda
Oh oh oh Belinda *(bis)*

5 Je me déguise en homme pour être quoi
Juste pour n'être rien tu n' comprends pas ça
Belinda

6 J'ai une fleur séchée dans mon agenda
C' n'est qu'un p'tit résidu de réséda
Belinda

7 J' le gard' précieusement comme un camélia
Mais cell' qui me l'a donné ça n'est pas toi
Belinda

8 Je ne comprends pas pourquoi
Tu ne me comprends pas
Et pourtant ça fait déjà
Quatre fois qu' j' suis avec toi
Petite Belinda
Petite Belinda
Oh oh oh Belinda

9 Je ne comprends pas pourquoi
Tu ne me comprends pas
Et pourtant ça fait déjà
Cinq fois que j' suis avec toi
Petite Belinda
Petite Belinda
Oh oh oh Belinda
Oh Belinda

Bibliothèque Mazarine

Paroles : Étienne Roda-Gil. *Musique :* Julien Clerc.

1 Notre langue française s'abîme
Comme un vieux livre de cuisine
Sur les quais et sous la pluie

Au pied de l'Académie
Bibliothèque Mazarine
Le brouillard sur les vitrines
Le chagrin et les autos
Le pont des Arts en travaux

2 Il pleut
Le temps passe comme il peut
Le regard des curieux
A des flaques dans les yeux

Refrain :
Il pleut
Tu es seule dans le flot
Au volant d'une auto
Tu écoutes la radio

3 Il pleut
Le temps passe comme il peut
En terrasse les curieux
Ont des femmes plein les yeux

Au refrain.

Give me, give me, give me your love *(ter)*

4 Il pleut
Le temps passe comme il peut
Les voitures des furieux
M'éclaboussent de leur mieux

Au refrain.

Give me, give me, give me your love *(bis)*

Cette personne

Paroles : Jean-Loup Dabadie. *Musique :* Julien Clerc.

1 Deux, trois consonnes
Quelques voyelles
C'est un discours pour elle
Quand ell' m'appelle
Cett' personne...

2 Deux, trois regards
Un geste à part
C'est ça l'amour pour elle
Quand ell' me sonne
Cett' personne...

3 Soudain elle se balance
En silence
Et d'une main qui passe
Elle efface
Ses larmes
Ses larmes...

4 On peut s'entendre,
Sans se comprendre
C'est ça la vie pour elle
Ell' déraisonne
Cett' personne

5 Pas de promesse
Changer d'adresse
C'est ça qui l'intéresse
Ell' n'est pas bonne
Cett' personne...

6 Pourtant les jours si sombres
Où je sombre
Je sens passer dans l'ombre
Comme une aile
C'est elle
C'est elle...

7 Deux, trois consonnes
Quelques voyelles
C'est un discours pour elle
C'est de l'amour
... Ell' m'étonne
C'est mon amour, cette personne...

Confidence

Paroles : Jean-Loup Dabadie. *Musique :* Julien Clerc, Gérard Kawczynski.

1 Mêm' si j'ose le dire
Ce n'est qu'en confidence
Quelque chos' me déchire
Quand ell' rit, quand ell' danse

2 Non, ce n'est pas
La jalousie
Et si je la
Regarde ainsi
C'est toujours, c'est
De l'amour...

3 Comme un enfant
Que l'on adore
Et l'on a peur
Mêm' quand il dort
J'ai toujours, j'ai
Peur qu'ell' meure...

4 Je ne peux retenir
Les avions qui l'emportent
Je voudrais sans le dire
Dormir devant sa porte

5 J'ai peur du temps
Et de l'espace
Des jours tombants
Des gens qui passent
Je n' sais pas ce
Qui se passe...

6 Comm' des enfants
Qui jouent ensemble
Je la regarde
Et il me semble
Qu'on se ressemble
Par mégarde...

7 J'ai peur du temps
Et de l'espace
Des jours tombants
Des gens qui passent
Je n' sais pas ce
Qui se passe...

8 Non, ce n'est pas
La jalousie
Lorsque je la
Regarde ainsi
J'ai toujours, j'ai
Peur qu'ell' meure...
... ...
Peur... qu'elle... meure...

Elle faisait la la la

Paroles : Jean-Loup Dabadie. *Musique :* Julien Clerc.

1 On est allé au cinéma
Pour voir un film de Peckinpah
Et puis on est parti à pied
Dîner sur un' nappe en papier

2 On avait dit on n' parle pas
Et j'entendais à pein' ses pas
Ell' faisait tout bas : la la la...

3 C'était comm' ça, à notre avis
Qu'on doit se quitter pour la vie...

4 Et je revois nos mains qui tremblent
Autour de nous les gens riaient
Et cette imag' de nous ensemble
Si loin déjà dans un reflet
Ell' regardait la rue passer
Moi je repensais au passé
Ell' faisait tout bas : la la la...

5 Je suis rentré dans sa maison
Une pièce et d'mie rue Saint-Simon

6 Pour remporter mes habitudes
Et pour reprendr' ma solitude
Et tout à coup, tout doucement
Elle a enlevé ses bas blancs
Ell' faisait toujours : la la la...

7 Et c'est ainsi, tout simplement
Que nous avons fait cet enfant...

Je t'aime tant

Paroles : Étienne Roda-Gil. *Musique :* Julien Clerc.

C'est par la bouche des enfants
Quand ils disent les mots des grands
C'est par la bouche des enfants
Que je comprends
Pourquoi comment
Je t'aime tant
Je t'aime tant } *bis*
Je t'aime tant et tant
Par cet amour que j'ai pour toi
Tout fait de larmes
Tout fait de joie
À tous les bonheurs de la terre
Je participe à ma manière
Par cet amour que j'ai pour toi

Qui ressemble au feu de joie
Je t'aime tant *(bis)*
Plus secrète qu'une nuit d'Orient
Femme presque blonde d'Occident
Pour toutes les joies des enfants
Ou je te perds ou je te prends
Je t'aime tant
Je t'aime tant } *bis*
Je t'aime tant et tant
Ça saigne dans les rues d'Orient
Ça souffre dans les rues d'Occident
À cette douleur de la terre
Je participe à ma manière
Par cet amour que j'ai pour toi
Et qui ressemble à un combat
Je t'aime tant

Jeanne

Paroles : poème de Victor Hugo. *Musique :* Julien Clerc.

1 Je n' me mets pas en peine
Du clocher ni du beffroi
Je n' sais rien de la reine
Et je n' sais rien du roi

2 J'ignore, je le confesse
Si le Seigneur est hautain
Si l' curé dit la messe
En grec ou en latin

S'il faut qu'on pleure ou qu'on danse
Si les nids jasent entre eux
Mais sais-tu c' que je pense
C'est qu' je suis amoureux

3 Et sais-tu c' qui m'ennuie
C'est l'air charmant et vainqueur
Jeanne dont tu fais la pluie et le beau temps
Sans mon cœur
Et sais-tu c' qui m'occupe
Jeanne c'est que j'aime mieux
La moindre fleur de ta jupe
Que tous les astres des cieux

Jungle Queen

Paroles : Maurice Vallet. *Musique :* Julien Clerc.

1 Du fond de ma banlieue
Au métro Richelieu
Je cavale après toi
J'ai sorti ma boussole
Et j'avance tout seul
Dans ma tête un projet
Qui me sert de passeport
Les chemins de ton corps
C'est ma route de l'or

Jungle Queen *(bis)*

2 Je sais qu' t'es bien gardée
Entre tes grands gorilles
Ton Tarzan gominé
Et tous les crocodiles
Qui pataugent pour toi
Tous les singes, tous les lions
Les tribus d' la nation
Et tous ceux qui m'appellent
L'idiot de la forêt

Jungle Queen *(bis)*

3 Tu danseras pour moi,
J' veux monter dans les lianes de tes bras
Je t'aurai pour moi,
J' veux dormir dans les arbres de tes bras

Jungle Queen *(bis)*

4 Les pièges sont tendus
Ma piste est minée
J'entends bien le tam-tam
Tu vas bientôt danser
Devant tous tes esclaves
Tu vas faire tous les jeux
L'amour, la mort, la femme
Moi j' vais foutre le feu
À toute cette forêt

Jungle Queen *(bis)*

5 Je t'aurai pour moi Jungle Queen
Tu régneras pour moi Jungle Queen

Danse, danse pour moi, danse Jungle Queen

L'assassin assassiné

Paroles : Jean-Loup Dabadie. *Musique :* Julien Clerc.

1 C'était un jour à la maison
Je voulais faire une chanson
D'amour peut-être
À côté de la fenêtre
Quelqu'un que j'aime et qui m'aimait
Lisait un livre de Giono
Et moi penché sur mon piano
Comm' sur un établi magique
J'essayais d'ajuster les mots
À ma musique...

2 Le matin même, à la Santé
Un homme... un homme avait été
Exécuté...
Et nous étions si tranquilles
Là, au cœur battant de la ville
C'était un' fin d'après-midi
À l'heure où les ombres fidèles
Sortant peu à peu de chez elles
Composent doucement la nuit
Comme aujourd'hui...

3 Ils sont venus à pas de loup
Ils lui ont dit d'un ton doux
C'est le jour... C'est l'heure
Il les a regardés sans couleur
Il était à moitié nu
Voulez-vous écrire une lettre ?
Il a dit oui... Il n'a pas pu
Il a pris une cigarette...

4 Sur mon travail tombait le soir
Mais les mots restaient dans le noir
Qu'on me pardonne
Mais on ne peut certains jours
Écrire des chansons d'amour
Alors j'ai fermé mon piano
Parol's et musiqu' de personne
Et j'ai pensé à ce salaud
Au sang lavé sur le pavé
Par ses bourreaux

5 Je ne suis président de rien
Moi je ne suis qu'un musicien
Je le sais bien... Et je ne prends pas de pose
Pour dir' seulement cette chose
Messieurs les assassins commencent
Oui, mais la société recommence
Le sang d'un condamné à mort
C'est du sang d'homme, c'en est encore
C'en est encore

6 Chacun son tour, ça n'est pas drôle
On lui donn' deux trois paroles
Et un peu... d'alcool...
On lui parle, on l'attache, on le cache
Dans la cour un grand dais noir
Protège sa mort des regards
Et puis ensuite... ça va très vite
Le temps que l'on vous décapite

7 Si je demande qu'on me permette
À la place d'une chanson
D'amour peut-être
De vous chanter un silence

C'est que ce souvenir me hante
Lorsque le couteau est tombé
Le crime a changé de côté
Ci-gît ce soir dans ma mémoire
Un assassin assassiné
Assassiné

La femme boréale

Paroles : Étienne Roda-Gil. *Musique :* Julien Clerc.

Un jour il m'est arrivé
Comme à vous
De pleurer à deux genoux
De regarder vers le nord
De boire un café trop fort
Dans une gare où tout dort
Alors dans le ciel et ses étoiles
Dans l'azur idéal
J'ai vu les deux yeux pâles
De la femme boréale
Depuis il m'est arrivé
Comme à vous
De chercher un peu partout
Près des gares et près des ports
La glace, la fièvre et la peine
Qui ressemblent à cette reine
Alors je marche vers le nord
Vers le froid qui vous endort
Et les nuits de vingt semaines

Un jour dans le ciel et ses étoiles
Dans l'azur idéal
J'ai vu les deux yeux pâles
De la femme boréale

Le crooner de l'an 2000

Paroles : Luc Plamondon. *Musique :* Julien Clerc.

1 En l'an deux mille quand je serai un vieux crooner
Quand j' n'aurai plus envie d' me prendre pour un rocker
Quand j' s'rai dev'nu réfractaire
À toutes ces modes
Qui se démodent !...
Quand j'aurai trente-cinq ans de carrière
Alors ce s'ra facile
D'avoir du style...

2 En l'an deux mille quand je serai un vieux crooner
Lorsque j'irai prendre le thé chez Mick Jagger
On se rappell'ra tous les deux
La belle époque
D' la musique rock
Et sur la tombe d'Élisabeth II
On ira déposer
Quelques pensées...

3 J'aurai l'air d'un vrai gentleman
Sans ma crinière
De teenager

Et pour ceux qui resteront mes fans
J'aurai à la boutonnière
Cette fleur d'hier...

4 En l'an deux mille si j' n' suis plus très populaire
Quand la radio nous rejouera un d' mes vieux airs
À moins qu'une guerre nucléaire
N'ait fait d' la terre
Un grand cimetière
Vous pourrez dire à vos petits-enfants
En c' temps-là... on avait tous vingt ans
C'était l' bon temps

Les mots qui dansent

Paroles : Jean-Loup Dabadie. *Musique :* Julien Clerc.

1 Quel âge ont-ils et que font-ils
Ceux qu'on appelait les enfants du siècle...
On disait : soyons difficiles
Un jour nous n'aurons plus vingt ans et quelques...

Refrain :
Ainsi sont les hommes
Comme aussi les femmes sont...

2 La mort peut-être à quelques mètres
Mais nous ne voulions ni valets ni maîtres
Et maintenant, de tant d'armées
Ou bien de nous, qui est plus désarmé...

Au refrain.

3 Je dis ça, mais
Je ne sais pas
Et c'est là notre différence
Pour nous, tous ces mots qui dansent

4 La liberté, l'égalité
Nous n'avons guèr' songé à faire
La guerre
Pour que ces mots dansent *(bis)*

5 De quoi nous parle cet artiste
Pourquoi faut-il que lui aussi soit triste ?...
Il parle de ce qui lui chante
Et ce n'est pas toujours ce qui l'enchante...

Au refrain.

6 Je dis ça mais
On ne peut pas
Abandonner tant d'espérance
Quitter
Tous ces mots qui dansent *(bis)*

7 Abandonner ces mots d'amour
Un jour, nous n'aurons plus vingt ans et quelques...

Au refrain (ter).

Les oiseaux dans les arbres

Paroles : Jean-Loup Dabadie. *Musique :* Julien Clerc, Christian Padovan.

1 Ell' n'a laissé qu'un'
Seule phrase dans un' lettre
Et dans la fenêtre
Un croissant de lune...

2 Elle a tout pris, même
Les heures de ma montre
Et c'est à ce monstre
Que j'ai dit je t'aime....

3 Elle a tout pris
Les cordes de ma guitare
Mes cent quarant'-deux dollars
Mêm' les oiseaux dans les arbres

4 Ell' n'a laissé qu'un'
Seule phrase dans sa lettre
« L'été ne peut pas être
Et avoir été »...

5 Elle est partie nue
Ni vue ni connue
Dans ma redingote
Ma ch'mise et mes bottes

6 Ell' m'a tout pris
Mêm' le fond de mes tiroirs *(bis)*
Mêm' les oiseaux dans les arbres
(Mêm' les oiseaux...)

7 Ma vie n'est plus qu'un
Terrain vague à vendre
Et mon cœur n'est plus qu'un
Petit tas de cendres

8 Mêm' pour me pendre
Je n'ai plus de corde
Ell' ne m'a laissé que
Mes dents pour me mordre...

9 Elle a tout pris, même
Les heures de ma montre
(Et les oiseaux dans les arbres !)
Et c'est à ce monstre
(Oh la la mêm' dans les arbres !)
Que j'ai dit je t'aime...

10 Ell' n'a laissé qu'un'
Seul' phrase dans un' lettre
Et dans la fenêtre
Un croissant de lune...

Ma doudou

Paroles : Jean-Loup Dabadie. *Musique :* Julien Clerc.

1 Vie difficile
Ville fébrile
Journaux, radios
Matin chagrin

2 Travail que vaille
Chacun sa course
Soleil détail
Doudou ma douce...

3 Sur une affiche
Bahamas Beach
Bateaux qui croisent
Sur mer turquoise

4 Dans le vacarme
Il est bien vague
Le bruit des vagues
Sèche tes larmes...

5 On s'en fout, ma doudou, on s'en fout
Ça t' fait rir'
Que j' t'appelle ma doudou
Mon amour
J' pens' toujours
Quand tu pleures
Qu' c'est pas l'heure
Y' aura d' plus grands malheurs...
Un beau jour
On mourra ma doudou
Ça t' fait rir'
Quand j' dis qu'on va mourir
Ce jour-là
On aura du silence
On n'aura
Plus d'importance

6 Ô ma captive
Ô ma fortune
Nos nuits se suivent
Lune à lune

7 Et tous les jours
Chacun sa brume
Le monde court
La terr' s'allume

8 Ils sont fous ma doudou, ils sont fous
Ça t' fait rir'
Que j' t'appelle ma doudou
Toute façon
C'est pour nous
Tout c' qui tombe
C'est pour nous
La pluie, les coups, les bombes

9 Un beau jour
On mourra ma doudou
Ça t' fait rir'
Quand j' dis qu'on va mourir
Ce jour-là
On aura du silence
On n'aura
Plus d'importance

10 On s'en fout, ma doudou, on s'en fout
Ça t' fait rir'
Que j' t'appelle ma doudou
Ce jour-là
On aura du silence
On n'aura
Plus d'importance

Quand je joue

Paroles : Luc Plamondon. *Musique :* Julien Clerc.

Ne me demandez pas
D'où je viens, qui je suis
Quand on est musicien
On est jamaïcain
Si le cœur vous en dit
Y'a trop longtemps déjà
Que je traîne ma vie
Tout autour de la planète
Je n' sais plus très bien
De quel pays je viens
  Peu importe qu'on soit
De New York ou Paris
Quand on est musicien
On est américain
Si on vit aujourd'hui
  Mais je n'ai pas besoin
De la Californie
Quand je voyage dans ma tête
C'est tout aussi bien
Et ça va plus loin
  Quand je joue
Je suis comme un fou
Je n'ai plus les pieds sur terre
Je m'envole...
  Quand je joue
Je me fous de tout
Tant pis pour moi si je perds
La boussole
Je m'envole...

Depuis qu' j'ai vu le jour
Je préfère la nuit
Quand on est musicien
C'est peut-être qu'on vient
D'une autre galaxie
  Au soleil de Rio
Je préfère toujours
La pénombre d'un studio
  Où je suis si bien
Tout seul dans mon coin
  Quand je joue
Je suis bien partout
Je n'ai plus les pieds sur terre
Je m'envole
  Quand je joue
Je suis comme un fou
Tant mieux pour vous si je perds
La boussole
Je m'envole...
  Quand je joue
Je suis comme un fou
Je n'ai plus les pieds sur terre
Je m'envole
  Avions supersoniques
Partez vers les tropiques
Je m'en fous
Je pars sur ma musique
Vers des contrées cosmiques
Quand je joue
Je m'envole...

Tout en vous m'enchaîne

Paroles : Maurice Vallet. *Musique :* Julien Clerc.

1 Je ne suis certain
Ni de moi ni du monde
Autour de nous s'installe
Comme un parfum malsain
J'ai peur de ce futur
Imbécile en armure
Qui s'avance morose
Je ne sais qu'une chose *(bis)*

Refrain :
Tout en vous m'entraîne
Tout en vous me blesse
Vos rires et vos faiblesses
Vos joies et vos détresses
Tout en vous m'enchaîne

2 Je ne suis certain
Ni de vous ni des autres
Je connais l'univers
Et il va de travers
Dans ce monde qui meurt
Tous ceux qui sont d'ailleurs
N'ont que leur solitude
Et parlent d'autre chose
Je ne sais qu'une chose

Au refrain.

Tu me manques

Paroles : Jean-Loup Dabadie. *Musique :* Julien Clerc.

1 C'était lui, là
Près de moi sur la photo de classe
On dirait qu'il dit : je passe...

2 C'était lui, ça
Souriant d'un sourire qui se casse
Comme le temps nous dépasse...

3 Il disait : enfin qu'on nous délivre
Que tout commence
Vivre ! Et fermer tous les livres
Prendre un bateau ivre
Sur la terre immense

Refrain :
Tu me manques
Tu me manques

4 Il disait ça
Oublions les Chants de Maldoror
Cherchons notre île au trésor

5 Il voulait ça
Emporter tout le monde à son bord
Les femm's et les femm's d'abord

6 Le silence est d'or là où il dort
Et les arbres sont
Ivres du vent de la ville

Il était fragile
Il n'y avait plus d'îles...

Au refrain (bis).

7 Il disait ça
Pour nous le passé ne pass'ra pas
Nous n'étions pas grands, n'est-ce pas

8 C'était lui, là
Près de moi sur la photo de classe
On dirait qu'il dit : je passe...

Week-end

Paroles : Luc Plamondon. *Musique :* Julien Clerc.

1 Parle-moi de la pluie
Mais dis-moi quelque chose
Je n' peux plus supporter
Le vide... qui s'installe entre nous

2 Nos week-ends se parfument
Déjà... à l'eau de rose
Le cigare que j'allume
A le goût
Des nuits de Paris

3 Nos dîners solitaires
Vont m' donner des ulcères
Tes Lieder de Wagner

Viennent meubler le silence
Comme la glace qui se casse
Au fond de mon verre
Comme le feu qui flamboie
Dans la cheminée de faïence

4 La campagne d'automne
Ça m' donne des idées noires
Et mon roman de Sagan
Se ferme sur un dernier whisky

5 T'en fais pas si je pars
Avec la Jaguar
J'ai envie de rouler seul dans la nuit

6 T'en fais pas si ce soir
Je rentre très tard
J'ai envie de rouler
Jusqu'au bout de la nuit } *bis*

1981

Mangos

Paroles : Serge Gainsbourg.

Musique : Julien Clerc, Marty Simon.

1 Petite liane tu danses au gré du vent
Moi le macaque je te suis en rêvant
J'aimerais mordre dans les jolis mangos
Qu' tu balances là-haut
Ou, oh, oh, oh...

2 Petite liane tu danses sur le temps
Et tu te bouges comme un petit serpent
J'aimerais mordre dans les noix de coco
Qu' tu balances là-haut
En boire le lait chaud
Oouoouh...

Refrain :
Mango, joli mango
Je t'avale
Fruit tropical
Mon joli mango
J'adore la saveur
Végétale de ta peau

3 Petite liane tu danses au gré du vent
Moi le macaque j' vais d'arrière en avant
J'aimerais mordre dans les jolis mangos
Grimper tout là-haut
Là-haut, tout là-haut

Au refrain.

4 Petite liane tu n'aimes pas les ouragans
Mais moi le macaque, j' suis pas orang-outan
Laisse-moi mordre dans les jolis mangos
Qu' tu balances là-haut
Là-haut, tout là-haut

Au refrain (bis).

5 Saveur végétale des fibres de ta peau
J' veux grimper là-haut,
Grimper tout là-haut, là-haut
Mango, mango, mango

1982

À son cou, à ses genoux

Paroles : Jean-Loup Dabadie.

Musique : Julien Clerc,
Craig Karp.

1 J'aim' pas ses manières
Ni son caractère
J'aim' pas ses colères

2 J'aim' pas ce qu'ell' danse
J'aim' pas ce qu'ell' pense
J'aim' pas sa violence

Refrain :
Je suis fou qu'est-c' que j' fous
À son cou à ses g'nou-ou-oux
J' suis jaloux comme un loup
Je n' suis plus rien du tou-ou-out

3 J' bois pas ce qu'ell' boit
J' crois pas ce qu'ell' croit
J' vois pas où ell' voit

4 J'aim' pas qu'ell' me siffle
J'aim' pas quand ell' griffe
J'aim' pas qu'ell' me sniffe

Au refrain.

5 ... Je m'endors sur son cœur
Je m' réveill' sur son corps
Comme sur un trésor
Comm' si c'était de l'o-o-or
O-o-o-or
O-o-or...

6 J'aim' pas ses copains
J'aim' pas ses bouquins
J'ai mordu son chien

7 J'aim' pas ses discours
Ni ses calembours
C'est pas mon humour

8 ... J'aim' pas ses chansons
J'aim' pas ses façons
Ses jeux de garçon...

9 ... J'aim' pas ses coutumes
J'aim' pas ses costumes
J'aim' pas comme ell' fume

10 ... J'aim' pas ses trois sœurs
J'aim' pas son coiffeur
Ni ses jeans à fleurs...

Blasphème

Paroles : Bernard Lauze. *Musique :* Julien Clerc.

1 La pluie mouille la ville
Tu m'apparais comme l'éclair
Ton regard est toujours aussi vert
Ta robe bleue, je l'éparpille
Sur l'herbe de ma déraison
Et ton bec d'oiseau cogne
Les sauterelles de ta bouche
En disent long, je m'époumone
Je crie, je hurle et je déconne
Tu me détruis
Tu me construis
Je te blasphème
Et puis je t'aime
Je t'aime

2 T'es une idée malade
T'es la frousse qu'on lit dans mes yeux
Les réverbères me font des signes
Je suis dans le bateau des larmes
Tu m'apparais comme l'éclair
Comme la foudre, comme la poudre
Tes revolvers crachent leur feu
Tes rodéos me sont offerts
Tes sabres déchirent ma chair
Tu me construis
Tu me détruis
Je te blasphème
Et puis je t'aime
Je t'aime

3 Et j'ai déserté mon étoile
Ma Grande Ourse et mon piano
Je suis un homme qui déraille
Je suis foutu
Je suis battu
Je te blasphème
Et puis je t'aime
Je t'aime

Cabane micro

Paroles : Bernard Lauze. *Musique :* Julien Clerc.

1 Je m'appelle Julien
Steamer des îles
Porté par la vague
Par le flot
Et je m' balade
Pour une fille
Dans la cabane d'un micro

2 Je m'appelle samba
Mes vengeresses
Allum' les cierges
De mon bateau
Et je m' balade
Dans mon étoile
Dans la cabane d'un micro
Cabane micro, cabane micro

3 Je m'appelle fureur
Piano tranquille
Et mes doigts caressent
Le bas du dos
Des mères brunes
Des Antilles
Qui se déhanchent dans un micro
Cabane micro, cabane micro

4 Je m'appelle Julien
Steamer des îles
Porté par la vague
Par le flot
Et je m' balade dans mon étoile
Dans la cabane d'un micro
Cabane micro, cabane micro

Femmes... je vous aime

Paroles : Jean-Loup Dabadie. *Musique :* Julien Clerc.

1 Quelquefois
Si douces
Quand la vie me touche
Comme nous tous
Alors si douces...

2 Quelquefois
Si dures
Que chaque blessure

Longtemps me dure
Longtemps me dure...

3 Femmes... je vous aime
Femmes... je vous aime
Je n'en connais pas de faciles
Je n'en connais que de fragiles
Et difficiles
Oui... difficiles

4 Quelquefois
Si drôles
Sur un coin d'épaule
Oh oui... si drôles
Regard qui frôle...

5 Quelquefois
Si seules
Parfois ell's le veulent
Oui mais... si seules
Oui mais si seules...

6 Femmes... je vous aime
Femmes... je vous aime
Vous êt's ma mère, je vous ressemble
Et tout ensemble mon enfant
Mon impatience
Et ma souffrance...

7 Femmes... je vous aime
Femmes... je vous aime
Si parfois ces mots se déchirent
C'est que je n'ose pas vous dire

Je vous désire
Ou même pire
Ô... Femmes...

Hiver 81

Paroles : Maurice Vallet. *Musique :* Julien Clerc.

1 Il est huit heures dans le matin
En cet hiver 81
En Amérique il est minuit
Dans un motel un assassin
Se lave lentement les mains

2 Il est huit heures dans le matin
Et quelque part beaucoup plus loin
Dans une très vieille fumerie d'opium
Quelques anciens bandits chinois
Brûlent leurs cœurs et leurs cerveaux

3 Il est huit heures dans le matin
En cet hiver 81
De maigres chiens font un festin
Et des innocents font l'amour
Comme des aveugles trouvent leur chemin

4 Il est huit heures dans le matin
En cet hiver 81
Je suis enchaîné à tes reins
À ton corps et à tes mains
Une fois de plus à ton destin

5 J'ai des pensées qui ne mènent à rien
En cet hiver 81
Je me sens près de l'assassin
Mais je sais que tout près d'ici
Loin des Chinois et des fumeries
J' suis comme un chien
Tu ne m'aimes pas

Indiscrétion

Paroles : Jay Alanski. *Musique :* Julien Clerc.

1 L'améthyste à ton doigt
Brille avec discrétion
Si je pouvais
Indiscrétion
Retenir ta main sur la mienne
Sans autre façon
Qu'un p'tit clin d'œil
D'indiscrétion

2 Un sourire à tes lèvres
Peintes avec discrétion
Si je posais
Indiscrétion
Cette question oui toujours la même
Sans autre raison
Qu'un tout petit peu
D'indiscrétion

3 Est-ce l'amour le hasard
Prévision prémonition
Planté dans ce bar
Avec champagne à discrétion
On raconte nos deux vies
Avec précaution
D'où tu viens ?
Qui je suis ?
Où vas-tu ?
Je te suis
Je saurais... J'ai compris

4 Le soleil au-dehors
Brille avec discrétion
On le sait bien
Indiscrétion
Les rêves se font et se défont
Sans autre raison
Qu'un mot qui trahit
L'indiscrétion...
... L'indiscrétion

Je vous écris du fond de ma ville

Paroles : Bernard Lauze. *Musique :* Julien Clerc.

1 Y'a d' la fumée un peu partout
Un pianist' joue des trucs dans l' coup
Je reste seul, là, dans mon coin
Dans c' foutu bar américain

Des pies jacassent tout à côté
Ça n' me dit rien d' les écouter

2 Y'a d' la fatigue sous mes semelles
Et des paniques toutes pareilles
Vol d'épervier guerre et néant
Les transistors saignent tout le temps
L'horloge va sonner ses douz' coups
J'habite l'attente du hibou

3 Je vous écris du fond d' ma ville
Où j'ai du mal à fair' mon lit
Je suis un passager futile
Un errant d'une mauvaise nuit...

4 Y'a des rapières à tout propos
Qui s'amus'nt à me trouer la peau
Un' femm' aussi presque oubliée
Et du courag' pour ne pas l'appeler
Le mond' affich' : pièges partout
Le mond' s'agit' à pas trop fous

5 Y'a aussi des barques en papier
Et j' voudrais tant les rattraper
Mais les rigol' ont tout emporté
L'éclair l'orage et les regrets
Y'a d' la fumée un peu partout

6 Pianist' ! joue-moi un truc
Qui soit dans l' coup

7 Je vous écris du fond d' ma ville
Où j'ai du mal à fair' mon lit
Je suis un passager futile

Un errant d'une mauvaise nuit...
Je vous écris du fond d' ma ville
Où j'ai du mal à fair' mon lit...

Lili voulait aller danser

Paroles : Luc Plamondon. *Musique :* Julien Clerc.

1 Quand Tony est entré dans le snack-bar
Il devait être au moins minuit moins l' quart
Lili la serveuse
Semblait très nerveuse
Un dernier client sucrait son café

2 À la télé y'avait un match de boxe
Pendant qu'on entendait dans le juke-box
Gronder le piano
De Fats Domino
De quoi vous mettr' des fourmis dans les pieds

3 Comme tous les soirs
Après l' snack bar...

Refrain :
Lili voulait aller danser *(ter)*
Aller danser le rock'n roll
Lili voulait aller danser *(ter)*
Mais Tony trouvait ça moins drôle
Lui qui n'aimait pas du tout le rock'n roll

4 Il a dit : « Lili, fais-moi un hot-dog »
Elle a fermé son numéro de Vogue
Elle a obéi
Et puis elle a dit :
« Sais-tu qu' j' t'attends depuis plus d'une heure ? »

5 Dans son hot-dog il a mis du ketchup
Mais quand Lili eut refait son make-up
Elle a dit : « Salut
Tu n' me r'verras plus »
Il lui a mis son couteau sur le cœur

6 Et puis il l'a
Prise dans ses bras...

7 « Lili j' voudrais bien t'épouser
Si tu voulais ne plus jamais
Ne plus jamais aller danser
Aller danser le rock'n roll »

8 Elle n'a pas pu se désister
Elle n'a pas pu lui résister
Elle a dit oui sans hésiter
En pleurnichant sur son épaule
Car ell' l'aimait encor' plus que l' rock'n roll

9 Il lui a promis d' l'aimer tout' sa vie
D'ailleurs on peut lire encore aujourd'hui
Au-d'sus de leur lit :
« Tony loves Lili »
Dans un cœur en bois gravé au couteau

Oh-oh
Oh-oh
Oh-oh

Au refrain.

Moi j' te connais comm' si j' t'avais défaite

Paroles : Serge Gainsbourg. *Musique :* Julien Clerc.

1 Bébé fou tes miaous
Quelle importance !
Danse
Corps et âme, j'en ai fait le tour

2 P'tit démon, tu vois mon
Angoisse est dense
Dans ce
Voyage qui n'est qu'un non-retour

3 Petite tête brûlée
Rien ne t'arrête
Moi j' te connais
Comm' si j' t'avais défaite

4 Quand je lis
Dans tes yeux
Ces deux mots « vivre libre »
Cette image me saigne le cœur

5 Dans ma tête
Tu es ma p'tite sœur cadette
Moi j' te connais
Comm' si j' t'avais défaite

6 Vous fillettes
Toutes autant que vous êtes
Vous n' savez pas
Le mal que vous nous faites

7 Mais t'inquiète
J' vois c' que tu as dans la tête
Moi j' te connais
Comm' si j' t'avais défaite

Quelle heure est-île Marquise ?

Paroles : Jean-Loup Dabadie. *Musique :* Julien Clerc.

1 Un oiseau dessiné
Tout à coup se dérobe
Dans une île imprimée
Sur sa robe...

2 Sur ce quai de métro
Il ne fait pas trop beau
Mais sur elle
Y'a la mer et le ciel...

3 Elle marche et se balance
Et je suis en vacances
Dans son beau paysage
Moi je pars en voyage

4 Je descends à la plage
Dans l'anse de sa hanche
Le soleil abricot
Se couche dans son dos

5 Sur la soie de son ventre
Un bateau jette l'ancre
L'oiseau vole à bâbord
De son corps...

6 Mais sur cette eau tranquille
On voit en trompe-l'œil
À l'endroit de son cœur
Un écueil...

7 Elle marche et se balance
Et je suis en vacances
Dans son beau paysage
Moi je pars en voyage

8 Sa main portant des bagues
Efface un pli devant
Soulevant quelques vagues
Aux îles Sous-le-Vent

9 Je pense à des bêtises
Quelle heure est-île Marquise ?
Je suis très pacifique
Vous n'êtes pas Antilles...

10 Elle marche et se balance
Et je suis en vacances
Dans son beau paysage
Moi, je pars en voyage

11 Elle marche et se balance
Le soleil abricot
Se couche dans son dos
Aux îles Sous-le-Vent

12 Elle marche et se balance
Quelle heure est-île Marquise ?
Je suis très pacifique
Vous n'êtes pas Antilles...

1983

Cœur de rocker

Paroles : Luc Plamondon. *Musique :* Julien Clerc.

1 Je n'étais encore
Qu'un enfant de chœur
Que j'avais déjà un cœur de rocker
Je n'aimais pas beaucoup l'école
Je ne vivais que pour mes idoles
Yeh yeh yeh

2 Je n'étais encore qu'un teenager
Je suis parti vivre ma vie en outsider
Mon père voulait me retenir
Tout ce qu'il a trouvé à m' dire
C'est : tu vas faire mourir ta mère

Refrain 1 :
Avec mon cœur de rocker
J'ai jamais su dire je t'aime
Oui mais maman je t'aimais quand même
Comme personne t'a jamais aimée

Cœur de rocker
Cœur de rocker

3 De toutes les filles qui m'ont fait craquer
Tu es la seule que j'ai vraiment aimée
C'est elle qui m'a quitté
J'ai été bien embêté
Yeh yeh yeh

4 C'est vrai que j'étais
Pas très fidèle
Mais j'étais tellement fou d'elle
J'ai voulu la retenir
Tout ce qu'elle a trouvé à me dire
C'est : tu vas finir ta vie tout seul

Refrain 2 :
Avec mon cœur de rocker
J'ai jamais su dire je t'aime
Oui mais baby je t'aimais quand même } *bis*
Comme personne t'a jamais aimée }

Au refrain 1.

1984

Aime-moi

Paroles : Jean-Loup Dabadie. *Musique :* Julien Clerc.

1 Aime-moi
Déshabille-toi
Aime-moi

2 Aime-moi
Et nue contre moi
Aime-moi

3 Même si les hommes d'avant moi
Et j'en meurs quand je les vois
T'ont aimée
Je t'aime

4 Aime-moi
Tandis qu'entre le
Soleil rouge

5 Aime-moi
Ton cœur bat et ton
Ventre bouge

6 Même si les femmes d'avant toi
Tu en pleures quand tu les vois
M'ont aimé
Je t'aime

7 Certains jours j'ai dans le cœur
Moins d'amour que de douleur
Je veux tout, même la couleur
De ton corps reprends-la-leur

8 Certains jours on a dans l'âme
Plus de drames que de douceurs
Je veux tout, même la pâleur
De tes yeux reprends-la-leur

9 Aime-moi
Le vent te caresse
Et te trouble

10 Aime-moi
Tu es ma faiblesse
Et mon double

11 Aime-moi
Tandis qu'entre le
Soleil rouge

12 Aime-moi
Ton cœur bat et ton
Ventre bouge

13 Aime-moi
Tes mains sur mon corps
Font main basse

14 Aime-moi
Encore et encore
Ma vie passe

Amour consolation

Paroles : Serge Gainsbourg. *Musique :* Julien Clerc, Jean Roussel.

1 Et si ce monde est cruel
C'est pas ta faute
Que tu sois pas la plus belle
C'est pas la mienne

2 J'en ai eu d'autres avant toi
Qui te ressemblent
Mais j'aime pas l'amour qu'on n'a
Pas fait ensemble

3 Quand tu me dis « je reviens
J' vais faire un tour »
J' fais pas semblant d'être rien
Mais d'être pour
J' regarde le jour se lever
Et tu es pas là
Il faut savoir ce qu'on peut
Et c' qu'on veut pas
Sha la la...

Refrain :
Amour consolation
C'est déjà ça
De pris sur la vie
Sans lui
Désolation
Plus de soleil
Tout devient noir
À l'horizon

4 Le jour où j' s'rai plus paumé
J'aurai des sous
Comment j' f'rai pour en piquer
J' sais pas encore
Mais sur le mur d' la prison
Avec un clou
Je graverai nos deux noms
Percés d'une flèche

5 Tu m'apport'ras des citrons
Et du tabac
Une bouteille d' rhum agricole
Qu'on fait là-bas
Mais surtout il faudrait pas
T' mettre à pleurer
J' saurai pas trop quoi te dire
Pour t' consoler
Sha la la...

Au refrain.

6 Tu sais j'en ai eu d'autres avant toi
Qui te ressemblent
Mais j'aime pas l'amour qu'on n'a
Pas fait ensemble

Au refrain.

Angela

Paroles : David Mc Neil. *Musique :* Julien Clerc.

1 Dans quel daim, dans quelle dentelle
Dans quelle robe dansera-t-elle
Angela...
Vers quelle auto, quel hôtel
Vers quelle moto, quel motel
Angela...
S'en ira-t-elle...

2 Mon ange bleu change
Qu'aurai-je alors en échange
Angela
Dis-le-moi *(bis)*

3 Dans quel château, quelle chapelle
Quel bateau, quel archipel
Angela...
Dans quel car, quelle caravelle
À quel Cocteau, quel cocktail
Mon Angela
S'ennuiera-t-elle...

4 Mon angelot change
Que gagnerai-je en échange
D'Angela
Dites-moi *(bis)*

Dis-le-moi *(bis)*
Angela

Bambou Bar

Paroles : Luc Plamondon. *Musique :* Julien Clerc.

1 Avec sa peau d'ébène
Et ses cheveux nattés
Petite fleur africaine
Jetée sur le pavé

2 Qu'est-ce qu'elle fait le soir ?
Elle danse au Bambou Bar
Debout sur le comptoir
Elle danse au Bambou Bar
Et moi je viens la voir

3 Avec son port de reine
Sur ses talons aiguilles
Vaut mieux pas qu'on la prenne
Jamais pour une fille

4 Qu'est-ce qu'elle fait le soir ?
Elle danse au Bambou Bar
C'est tout ce qu'elle sait faire
Elle danse au Bambou Bar
Toute nue dans la lumière

5 Dans la jungle
Y'a des bananiers
Du soleil
Pour nous réchauffer
Des tam-tam
Pour nous faire danser
Comme au Bambou Bar

6 Qu'est-ce qu'elle fait le soir ?
Elle danse au Bambou Bar
Sous les regards qui brillent
Elle danse au Bambou Bar
Et puis elle se rhabille

7 Dans la ville
Il y a des trottoirs
Pas falloir
Y marcher le soir
Surtout pas
Si on rentre tard...
Du Bambou Bar

8 Quand elle entend derrière elle
Des pas sur le macadam
Elle bondit comme une gazelle
Son cœur bat comme un tam-tam

9 Elle danse au Bambou Bar
Debout sur le comptoir
Elle danse au Bambou Bar
Et moi je viens la voir

10 Elle danse au Bambou Bar
C'est tout ce qu'elle sait faire
Elle danse au Bambou Bar
Toute nue dans la lumière

11 Elle danse au Bambou Bar
Sous les regards qui brillent
Elle danse au Bambou Bar
Et puis elle se rhabille

La fille aux bas Nylon

Paroles : Luc Plamondon. *Musique :* Julien Clerc, Jean Roussel.

1 Quand elle passe dans ma rue
La fille aux bas Nylon
Balançant ses épaules nues
Sous ses longs cheveux blonds, blonds, blonds

Chœurs :
Où va-t-elle ?
La fille aux bas Nylon
Qui est-elle ?
La fille aux bas Nylon

2 Elle a l'air tout droit sortie
D'un roman de Chandler
L'autre jour je l'ai suivie
Mais ça n'a pas eu l'air d' lui plaire

Chœurs :
D'où vient-elle ?
La fille aux bas Nylon
Que fait-elle ?
La fille aux bas Nylon

3 Je n' sais pas comment elle s'appelle
Je n' sais pas qui elle me rappelle
Je n' sais pas c' qui m'appelle en elle
La fille aux bas Nylon

4 Elle a quelque chose d'irréel
À faire tourner les manivelles
Avec sa p'tite robe à bretelles
La fille aux bas Nylon

5 Comment faire pour l'accoster ?
J' vais pas lui d'mander l'heure
J'ai pensé à me jeter
Sous sa Bentley avec chauffeur

Chœurs :
Où va-t-elle ?
La fille aux bas Nylon
Qui est-elle ?
La fille aux bas Nylon

6 Quand elle passe devant ma fenêtre
Je la filme en seize millimètres
Et le soir je me la projette
La fille aux bas Nylon

7 Les murs blancs d' mon appartement
Se transforment en écran géant
Où elle passe inlassablement
La fille aux bas Nylon *(bis)*

8 Elle est belle à tomber par terre
Mais comment percer le mystère
De sa trajectoire solitaire
La fille aux bas Nylon

9 Et toujours cet air qu'elle fredonne
Chaque fois que je la talonne
Est-ce une espiègle ou une espionne
La fille aux bas Nylon *(bis)*

10 Indolente et indifférente
Obsédante au point qu'elle me hante
Elle m'entraîne sur la mauvaise pente
La fille aux bas Nylon

Mélissa

Paroles : David Mc Neil. *Musique :* Julien Clerc.

1 Mélissa, métisse d'Ibiza
Vit toujours dévêtue
Dites jamais que je vous ai dit ça
Ou Mélissa me tue...
Le matin derrière ses canisses a-
Lors qu'elle est moitié nue
Sur les murs devant chez Mélissa
Y'a tout plein d'inconnus

2 « Descendez, ça c'est défendu !
Oh ! c'est indécent ! »
Elle crie mais bien entendu
Personne ne descend...
Sous la soie de sa jupe fendue
En zoom en gros plan
Tout un tas d'individus
Filment, Noirs et Blancs...

3 Mélissa, métisse d'Ibiza
A des seins tout pointus
Dites jamais que je vous ai dit ça
Ou Mélissa me tue...

4 « Descendez, ça c'est défendu
Mater chez les gens ! »
Elle crie mais bien entendu
Y'a jamais d'agent...
Elle crie, c'est du temps perdu
Personne ne l'entend...

La police c'est tous des vendus
Dix ans qu'elle attend

5 Mélissa, métisse d'Ibiza
A toujours sa vertu
Dites jamais que je vous ai dit ça
Ou Mélissa me tue...

Ouh ! Matez ma métisse
Ouh ! Ma métisse est nue } *bis*

6 Mélissa, métisse d'Ibiza
Vit toujours dévêtue
Dites jamais que je vous ai dit ça
Je vous ai jamais vu
Le matin derrière ses canisses a-
Lors je vends des longues-vues
Mais si jamais Mélissa sait ça
Là, c'est moi qui vous tue...

Ouh ! Matez ma métisse
Ouh ! Ma métisse est nue } *bis*

Respire

Paroles : Jean-Loup Dabadie. *Musique :* Julien Clerc.

1 Sur ta peau
Regard' les veines
Ce tempo
Tout' la semaine, je sais...

2 Excité
Surexcité
Tout te blesse
Et tout te stresse, OK

3 Mais c'est sûr
On est ensemble
J' te rassure
On se ressemble, OK ?

4 On s'oxyde
On tourn' à vide
C'est la ville,
C'est pas une île, je sais...
Oui mais...

Refrain :
Respire
Respire
Respire
Respire
Respire

5 L'âme speed
Le corps bolide
Vitamines
Amphétamines, je sais...

6 Pas l'argent
Ou pas le temps
Pas d'amour
Tu cours tu cours, je sais...

7 Mais c'est sûr
On est ensemble
J' te rassure
On se ressemble, OK ?

8 Femm's, enfants,
Vieillards, bébés
Tout l' mond' dans
La même BD, OK ?
Oui mais...

Au refrain.

9 T'as quand même
Avant la chute
Un' minute
Pour dir' je t'aime, tu sais... tu sais

Au refrain.

Tant d'amour

Paroles : Jean-Loup Dabadie. *Musique :* Julien Clerc.

1 Là, c'était la fenêtre
Où ell' se faisait prendre
Avec son air d'attendre
Un autre paysage

2 La moitié du visage
Comme à l'ombre d'ell'-même
L'autr' ne laissant paraître
Qu'une pâleur extrême

3 ... Là le jardin d'hiver
Où j'aimais qu'elle danse
Sans musique, au contraire
Son corps dans le silence

4 Là c'était la terrasse
Et là... c'était la chambre
Où un soir de septembre
Ell' me quitte à voix basse...

Refrain :
Tant d'amour
Tant d'amour
Un jour le cœur se casse
Et c'est en un instant

5 Là le jardin superbe
Où je l'entendais rire
Et là les hautes herbes
Où je la vois courir

6 Là-bas, c'était son arbre
Le jeune et beau qui tremble
Mais la première alarme
C'est ailleurs, il me semble

7 ... On prenait ce couloir
Voyageurs dans le noir
Quand sa petite main
Habitait dans ma main

8 Et là c'était ce lit
Où se levait le jour
Ici elle faisait
Et défaisait l'amour...

Au refrain.

9 Nos pas perdent leurs traces
Les miroirs se glacent

10 Tant d'amour
Et déjà
... Cette couleur d'ivoire
Que le temps donne au temps...

To be or not to be bop

Paroles : David Mc Neil. *Musique :* Julien Clerc.

1 Délivre-moi douce Ophélie
Du gris de ma mélancolie
Chante pour moi du haut du château d'Elseneur...

2 Laissons tous les jaloux parler
Partons partout sur mon Harley
Troquons nos blasons pour des blousons Perfecto

Refrain :
To be or not to be
To be or not to be (bop)

To be or not to be
To be or not to be (bop) *(bis)*

3 Délivre-moi douce Ophélie
Du gris de ma mélancolie
Vers quelque part où Shakespeare chante en nous
[attendant

Refrain :
To be or not to be
To be or not to be (bop)
To be or not to be
To be or not to be (bop)...

Délivre-moi douce Ophélie

Y' a plus de rock au Tennessee

Paroles : David Mc Neil. *Musique :* Julien Clerc.

Ça fait déjà longtemps
Qu'un matin Chuck Berry
T'avait enlevée dans
Son coupé Mercury
Tu avais dix-sept ans
Lui, quelques cheveux gris
Un rocker noir et blanc
Au pays du country...

Refrain :
Lu, Lu, Lucille
Blue, blue, Lucille
Dis-moi si parfois tu penses à lui
Lui qui a chanté pour toi tant de nuits...
Lu, Lu, Lucille
Blue, blue Lucille
Lucille tu sais c' qu'on dit ici
Qu'y'a plus d' rock au Tennessee

Dis-moi si t'as vraiment
Eu cinq ou six maris
Que tu trouves tes amants
Au bar du Rotary
Que tes quatorze enfants
Connaissent pas Chuck Berry
Qu'ici le rock est blanc
Au pays du country...

Refrain :
Lu, Lu, Lucille
Blue, blue Lucille
Dis-moi si parfois tu penses à lui
Lui qui a dansé pour toi tant de nuits
Lu, Lu, Lucille
Blue, blue Lucille
Lucille, tu sais c' qu'on dit ici
Qu'y'a plus d' rock au Tennessee...

1986

Histoire vécue

Paroles et musique : Jean-Claude Vannier.

1 C'est rien qu'une histoire de cul
Rien qu'une histoire vécue
On s'est dit vous et puis tu
Me tues puis on s'est tu
Dans cette chambre sans la vue
Impasse de la vertu
C'est rien qu'une histoire de cul
Rien qu'une histoire vécue

2 C'est rien qu'une histoire de cul
Rien qu'une histoire vécue
Des cris dans le noir des mots crus
Deux trois choses qu'on a crues
Des mots doux qu'on n'aurait pas dû
Un film qu'on n'a pas vu
C'est rien qu'une histoire de cul
Rien qu'une histoire vécue

3 Soupirs d'amour
Les corps se déchaînent
Souvenirs d'amour
Un nom à peine

4 Soupirs d'amour
Valent-ils bien la peine
Qu'on grave nos discours
Sur l'écorce des chênes

5 C'est rien qu'une histoire de cul
Rien qu'une histoire vécue
Une chanson qui traîne les rues
Qu'on siffle et puis salut
Trois petites notes un air connu
Baisse un peu les aigus
C'est rien qu'une histoire de cul
Rien qu'une histoire vécue

6 Soupirs d'amour
Les corps se déchaînent
Souvenirs d'amour
Un nom à peine

7 Soupirs d'amour
Valent-ils bien la peine
Qu'on grave nos discours
Sur l'écorce des chênes

1987

Appel urgent

Paroles : Françoise Hardy. *Musique :* Jean Roussel, Julien Clerc.

1 Hey hey là haut réveille-toi
Hey t'as plus beaucoup d' voix
T'es l' roi
D' la corrida
Mais tes combats
Ça nous laiss' froids

2 Hey l'illustre inconnu
Hey j'ai bien trop couru
Tes matchs
Tes balles, tes buts
Ça m'amuse plus
Et dire qu' j'y ai cru

Hey

3 Moi j' voulais amour, douceur et harmonie
C'est tout l' contraire ici
Haine, violence et bruit

4 Hey là-haut tu m'entends
J' décroche, j' suis pas content
Ton espace-temps
J' suis mal dedans

Hey

5 Moi j' voulais chansons, soleil, caresses, belle vie
Y' a rien d' tout ça ici
Coups, douleurs et cris

6 Descends une fois d' ton piédestal
Change toute l'histoire
Fais qu'ça finisse moins mal
Réinvente tout l'écrit l'oral
Avant qu' je cale

7 Hey là-haut réveille-toi
Hey faut donner d' la voix
Hey vise les poux, les rats
Hey c'est pas mon climat

Hey hey là-haut réveille-toi

Avoir quinze ans

Paroles : Luc Plamondon. *Musique :* Julien Clerc.

1 Avoir quinze ans
Dans une ville de province
Avoir quinze ans
La révolte qui grince
Entre les dents

2 Tu es né à l'époque
Où les poètes
Sont des chanteurs de rock
Et tu te jettes
Sur leurs musiques
Comm' sur un bateau ivre

3 Avoir quinze ans
Et vouloir t'en aller
Avoir quinze ans
Et des fils barbelés
Entre tes rêves
Et ta réalité

4 Comm' Rimbaud o-o-oh
Wo-o-o-oh !
Ton regard d'outre-mer
Rivé sur l'infini
Comm' Rimbaud o-o-oh
Wo-o-o-oh !
Tourné vers les déserts
Déserts d'Abyssinie

5 Avoir quinze ans
Dans une ville de province
Avoir quinze ans
La révolte qui grince
Entre les dents

6 Comm' Rimbaud o-o-oh
Wo-o-o-oh !
Ton regard d'outre-mer
Rivé sur l'infini
Comm' Rimbaud o-o-oh

Tourné vers les déserts
Déserts d'Abyssinie
Tu voudrais vivre aussi
Ta saison en enfer

Avoir quinze ans *(ter)*

Barbare

Paroles : Luc Plamondon. *Musique :* Julien Clerc.

1 Pas besoin
D'aller loin
Dans ma mémoire
Quelque part
Dans le temps
J'ai été barbare

2 Je le sais, je le sens
Dans mon corps, dans mon sang
C'est comme un volcan
Qui dort

3 J'ai passé mon enfance
À courir
Les pieds
Sur le sable brûlant
La neige des glaciers

4 Je le sais, je le sens
Dans mon corps, dans mon sang
Quand m'atteint
Le vent du Nord

5 Seul sur mon Atlas
J'étais à ma place
Parlant le langage
Des chevaux sauvages

6 Avec le désert
Pour seul univers
Oh barbare

7 J'ai connu bien des femmes
Sous d'autres lois
Et j'ai vendu mon âme
Pour moins que toi

8 Je le sais, je le sens
Dans mon corps, dans mon sang
C'est comme un serpent
Qui mord

9 Seul sur mon Atlas
J'étais à ma place
Dormant sous la lune
Au milieu des dunes
Seul à mon réveil
Avec le soleil
Oh barbare

10 Seul sur mon Atlas
J'étais à ma place
Parlant le langage
Des chevaux sauvages

11 Avec le désert
Pour seul univers
Oh barbare

12 Seul sur mon Atlas
J'étais à ma place
M'inventant des villes
D'ardoise et d'argile

13 Les neiges éternelles
Découpant le ciel
Oh barbare

Blonde et en colère

Paroles : Jean-Loup Dabadie. *Musique :* Julien Clerc, Jean Roussel.

Soldat, tu me fais la guerre
Soldat, blonde et en colère
Quoi que tu dises
J'aurai ta peau, exquise
Tu peux me haïr
Je vais t'envahir
Soldat, attachée, soumise
Soldat, évadée, reprise
La paix si tu veux
Halte au feu de tes yeux
Les mots nous font mal
Mal comme des balles
Même mes souffrances
Tu t'en amuses

Tu ris, tu danses
Tu me refuses
Et tes silences
Sont d'autres ruses
Donne-moi une seule chance
Que j'en abuse
La nuit sera chaude
J'attaquerai à l'aube
J'aurai le plaisir
D'en mourir
Soldat, quelquefois je rêve
Soldat, d'un moment de trêve
Soldat, attachée, soumise
Soldat, évadée, reprise
Soldat, tu me fais la guerre
Soldat, blonde et en colère

Hélène

Paroles : David Mc Neil. *Musique :* Julien Clerc.

1 Le satin noir sur ton teint blanc
Avoue peignoir que c'est troublant
Ho ho avoue c'est troublant

2 Je noierais bien ses courtisans
Mais j'en prendrais pour cent dix ans
Au moins, au moins cent dix ans

Refrain 1 :
Hélène, j' suis pas Verlaine
Mais j' t'écris quand même
Que j' t'aime Hélène

3 Laisse-moi devenir ton amant
Seul montagnard de tes monts blancs
Ho, ho de tous tes monts blancs

Refrain 2 :
Hélène, je vais perdre haleine
Mais j' te crie quand même
Que j' t'aime Hélène

4 Tout San Francisco Bay voudrait tant que je m'en aille
J'en perds mon alphabet
J'aime tant la lire en braille

5 Si tu jettes pas tous ces Don Juan
Moi je retourne chez ma maman
Ho ho moi chez ma maman

6 Hélène
Tout San Francisco Bay voudrait tant que je m'en aille
J'en perds mon alphabet
J'aime tant la lire en braille

7 Le savon noir sur ses seins blancs
Avoue baignoire que c'est troublant
Ho ho avoue c'est troublant

Au refrain 1.

Au refrain 2.

L'enfant au walkman

Paroles : Luc Plamondon. *Musique :* Julien Clerc, Jean Roussel.

1 Il ne sait mêm' pas compter
Jusqu'à trois, mais il connaît
Les noms de tous les groupes anglais
L'enfant au walkman

2 Pas besoin d'aller à l'école
Pour vivre comme ses idoles
Il ferm' les yeux et il s'envole
L'enfant au walkman

3 On dirait qu'il plane
L'enfant au walkman
Ciel de cellophane

4 Il ne nous voit pas, il plane
Attend-il dans les décibels
Les ondes d'un monde parallèle
Qui lui ressemble et qui l'appelle
L'enfant au walkman
Ciel de cellophane

5 Il ne nous voit pas
Il plane, il plane
Il voit la vie en vidéo
Et dans sa tête, c'est bien plus beau
Que dans tous les livres d'histoire
Où les héros
Sont tristes à voir

6 Quand on lui parle d'avenir
Il nous répond par un sourire
Pour dire qu'il ne veut pas grandir
L'enfant au walkman
Ciel de cellophane
Il ne nous voit pas, il plane, il plane

Les aventures à l'eau

Paroles : David Mc Neil. *Musique :* Julien Clerc, Matt Clifford.

1 Dis qu' c'est pas certain
Que l'amour s'éteint
Comme l'or des musées
Le bleu des vieux blue-jeans usés

2 Dis-moi qu' c'est pas sûr
Qu' les initiales sur
Les arbres, enlacées
Finissent un jour par s'effacer...

3 Dis-moi que c'est vrai
Que tous les cœurs à la craie
Qu'on voit quand on est enfant
Dans les cours de récré
Disaient qu'on s'aimait vraiment
Ces cœurs à la craie
Disaient qu'on s'aimait vraiment

4 Moi j' veux des tableaux
Comme peignait Pablo
Les peintures à l'huile
C'est plus difficile
Mais plus beau
Bien plus beau que les aventures à l'eau

5 Dis-moi où passent-elles
Ces peintures pastel
Ces mots griffonnés
Sur un bristol de fleurs fanées

6 Moi j' veux des serments
Des marbres et des monuments
Mais pas toutes ces aquarelles
Belles ne fût-ce qu'un moment
Dis qu' tu m'aimes, même si tu mens
Ne fût-ce qu'un moment
Dis qu' tu m'aimes, même si tu mens

Les robots qui dansent

Paroles : Luc Plamondon. *Musique :* Julien Clerc, Jean Roussel.

1 Ils n'ont pas de souvenirs
Leur histoire
Commence aujourd'hui
Leur avenir se prépare
Quelque part
Dans un computer

Sous la lumière des lasers
Ils sont beaux comme des oiseaux
Wo-o-o-o-oh

2 Quand ils dansent
Ils ont l'élégance
De la décadence
Les robots qui dansent

Wo-o-oh

3 Ils ont l'insolence
De l'adolescence
Les robots qui dansent

Wo-o-oh

4 Ils sont sans défense
Mais ils s'en balancent

5 Dans leur cœur-ordinateur
Pas de place
Pour les mots d'amour
Quand ils s'aiment c'est pour une heure
Pas de traces
Et quand vient le jour
Quand s'arrêtent les décibels
Ils sont seuls dans leur silence

Wo-o-o-oh

6 Quand ils dansent
Ils ont l'élégance
De la décadence
Les robots qui dansent

Wo-o-oh

7 Y'a de la violence
Sous leur nonchalance
De robots qui dansent

Wo-o-oh

8 Ils sont sans défense
Mais ils s'en balancent

9 Cherchent-ils un sens
À leur existence
Sous leur apparence
De robots qui dansent

10 Ils sont nés
Pour danser
Pour danser } *ter*
Pas pour penser

Les robots qui dansent

11 Ils sont sans défense
Mais ils s'en balancent
Les robots qui dansent
Ils ont la démence
De la délinquance

Mon ange

Paroles : Françoise Hardy. *Musique :* Julien Clerc, Jean Roussel.

1 Tu rêvais d'un amour
Tout en soie et velours
Que dire maintenant
Je n'étais qu'un chasseur
Capturant les cœurs
Volage, Don Juan
Tu as posé tes yeux bleu ciel
Sur moi et j'ai vu les ailes
D'un ange de lumière
À la sortie d'un tunnel

Refrain 1 :
Bel ange
Mon ange
Mélange
Se venge
Se change
En Démon
Mon ange
Me mord
Me mange
J' suis mort
J' suis marron

2 Toi la petite fille sage
Qui a peur de l'orage
Que faire maintenant
Jouer à la poupée
Douc'ment te bercer
T'aimer tout le temps

3 Malgré tout l'or et tout le miel
De ton cœur si fidèle
J' suis pas l'ange dont tu rêves
Ça non j' descends pas du ciel

Refrain 2 :
J' dérange
Mon ange
Je change
Quand l'ange
Se change
En prison
J' décolle
J' m'envole
Je flâne
Je plane
J' fais des bonds
Mon ange
Se fâche
Mon ange
Se cache
Me lâche
Pour de bon
Mon ange
Que j'aime
J' t'ai fait
D' la peine
Oublions

4 Moi pour faire sécher tes larmes
Vois, j'ai déposé les armes
Tu sais bien c'est toujours toi qui gagnes
Plus de chagrin plus de drames

5 Malgré tout l'or et tout le miel
De ton cœur si fidèle
J' suis pas l'ange dont tu rêves
Ça non j' descends pas du ciel

Au refrain 2.

Au refrain 1.

J' dérange
Mon ange
Je change
Quand l'ange
Se change
En prison

Pour qui tu te prends ?

Paroles : Françoise Hardy. *Musique :* Julien Clerc, Matt Clifford.

1 Mais pour qui tu te prends
J' vais d'venir méchant
Tu rêves ou quoi
Avec tes grands airs
Redescends sur terre
Dehors, de l'air

2 Rhabille-toi bien gentiment
Retourn' chez papa maman
Ouh ouh ouh ouh

File, va-t'en
Tu penses que t'as tous les plans
Tu t' fous d'dans
T'as quel âge exactement

3 Mais pour qui tu m' prends
Pour un communiant
Tu voulais quoi
Qu' j'aille tout foutre en l'air
Juste pour te distraire
Tu manqu' pas d'air

4 Pas la pein' de prend' des gants
Les comme-toi c'était tentant
Ouh ouh ouh ouh
Drôle un temps
T'as tort de t' croir' tout permis
Tu vois c'est cuit
Casse-toi vite sors de mon lit

5 Tu sais seul'ment qu' t'es jolie tant pis
Va voir ailleurs si j'y suis
C'est drôl' comm' t'as rien compris

6 Mais pour qui j' te prends
Juste pour un passe-temps
Un accident

7 Amuse-toi à briser l' cœur
De tous tes admirateurs
Ouh ouh ouh ouh
J'ai d'jà donné
T'es trop blindée pour ton âge
Allez dégage
J' m'inquiète pas pour ton voyage

8 Ouh ouh ouh ouh
Pour qui tu t' prends
J'aim' pas les filles qui décident
Qui prennent les d'vants
Reviens quand tu s'ras timide

9 Ouh ouh ouh ouh
Pour qui tu t' prends
Tout dehors et rien dedans
Du vide du vent
Reviens aux premiers ch'veux blancs

Sexy

Paroles : David Mc Neil. *Musique :* Julien Clerc, Matt Clifford.

1 T'es si sexy, sexy
T'es la star de toutes mes galaxies
Mais tu sais qu' si sexy
Tu continues, je t'appelle un taxi

Refrain :
Quand tu m'invites
Tu danses trop vite
T'attends pas
Tu vas trop vite
Ou tu m'évites
Je sais pas
Quand tu m'invites
Tu danses trop vite

Je perds le pas
Quand tu m'invites
Tu danses vite

2 T'es si belle, plus belle
Que toutes celles qui dansent mes décibels
J' suis pas fidèle, fidèle
Mais j' vois pas pourquoi tu t' méfies d'elles

Au refrain.

3 Faut qu' tu cesses
Qu'est-ce que tu crois
P'tite princesse
T'as pas le droit

4 T'es si jolie qu'au lit
J' me perds comme Nungesser et Coli
T'es si sexy, sexy
Mais tu vas tomber sur un bec si

Au refrain.

5 Faut qu' tu cesses
Qu'est-ce que tu crois
P'tite princesse
T'as pas le droit

Style Ming

Paroles : Jean-Loup Dabadie. *Musique :* Julien Clerc, Jean Roussel.

1 Le divan
De cachemire
Où s'étend
Son empire
Est le lieu de
Mon martyre
Mes plaisirs...

2 Elle
Porcelaine fine, fine et pâle
Oh cruelle
Figurine
Elle
Inhumaine aux yeux d'opale ovales
Style Ming

3 Elle entoure
Ses amours
De coups d'ongle
De mah-jong
Jalousi-ie
Barbari-ie
Rêveries...

Barbarie
Rêveries

4 Quand
Ell' met de l'encens sur mes blessures
Oh muette
Statuette

5 J'aime
Ce visage pur, cette fêlure
Style Ming *(bis)*

Barbarie
Rêveries

6 Le divan
De cachemire
Où s'étend
Son empire
Est le lieu de
Mon martyre }
Mes plaisirs... } *bis*

1990

Avisos

Paroles : David Mc Neil. *Musique :* Julien Clerc.

1 On va se bâtir des bateaux
Des caravelles, des avisos
Débaucher tous les capitaines
Même Nemo...

2 On va leur donner tous les noms
De nos amours, de nos Manon
Et quand on sera en quarantaine
Matelot...

Refrain :
On va se moquer des gamines
Qui font des trous dans leurs blue-jeans
Pendant que les années rapiècent
Les cœurs qu'elles nous laissent en lambeaux...

3 Sur des drakkars ou des radeaux
On va trouver l'Eldorado
Et quand on sera en Terre promise,
Comme Moïse...

4 Du haut des tours de nos châteaux
On jettera comme Monte-Cristo
Des mots d'amour dans des bouteilles
Matelot...

Au refrain.

5 On leur dira qu'on les aimait
Mais les filles ne sauront jamais
Que les « serments » de nos poèmes }
C'est que des mots } *bis*

Échafaudages

Paroles : David Mc Neil. *Musique :* Julien Clerc.

1 Moi, la nuit
Quand je m'ennuie
J'emmène un gallon d' whisky
Dix ans d'âge
Dans mes vagabondages
Sur les échafaudages...

2 Moi, la nuit
Quand je m'ennuie
Je prends du saké, du raki
Je voyage
Sans tickets, sans bagages
Sur les échafaudages...

3 Je vois des gens
Passer sous les enseignes
Qui s'allument et s'éteignent
Comme au cinéma

4 De ces toits
Où je m'assois
Je t'aperçois
Jamais, toi...

5 Moi, la nuit
Sous la pluie
Je suis le Tarzan, l'Houdini
Des nuages
Le yéti des étages
Sur les échafaudages...

6 Moi, la nuit
Quand je m'ennuie
Tu passes jamais par ici
C'est dommage
Tu sais, c'est plus d' mon âge
Tous ces échafaudages...

Refrain :
Je vois des gens
Des passants qui s'étreignent
L'inconnue qui se peigne
Comme au cinéma

7 De ces toits
Où je m'assois
Je t'aperçois
Jamais, toi

8 Je vois des gens
Passer sous les enseignes
Qui s'allument et s'éteignent
Comme au cinéma

9 De ces toits
Où je m'assois
Je t'aperçois
Jamais, toi...

10 Sur les échafaudages...
Là, tout là-haut
Là, tout là-haut
Sur les échafaudages...
Là, tout là-haut
Là, tout là-haut

Fais-moi une place

Paroles : Françoise Hardy. *Musique :* Julien Clerc.

1 Fais-moi une place
Au fond d' ta bulle
Et si j' t'agace
Si j' suis trop nul
Je deviendrai
Tout pâle, tout muet, tout p'tit
Pour qu' tu m'oublies

2 Fais-moi une place
Au fond d' ton cœur
Pour que j' t'embrasse
Lorsque tu pleures
Je deviendrai
Tout fou, tout clown, gentil
Pour qu' tu souries

3 J' veux qu' t'aies jamais mal
Qu' t'aies jamais froid
Et tout m'est égal
Tout, à part toi
Je t'aime

4 Fais-moi une place
Dans ton av'nir
Pour que j' ressasse
Moins mes souvenirs
Je s'rai jamais
Éteint hautain lointain
Pour qu' tu sois bien

5 Fais-moi une place
Dans tes urgences
Dans tes audaces
Dans ta confiance
Je s'rai jamais
Distant, distrait, cruel
Pour qu' tu sois belle

6 J' veux pas qu' tu t'ennuies
J' veux pas qu' t'aies peur
J' voudrais qu' tu oublies
L' goût du malheur
Je t'aime

7 Une petite place
Ici, maintenant
Car le temps passe
À pas d' géant
Je me ferai

Tout neuf, tout beau, tout ça...
Pour être à toi

Fille du feu

Paroles : Thierry Séchan. *Musique :* Julien Clerc.

1 Elle a des yeux comme une ville en flammes
La voix des violons de Bohême
Ses cheveux d'algues et de fleurs qui se fanent
Inondent son châle de laine

2 Elle vient d'un monde nomade et son âme
Chemine sur les grandes plaines
Je voudrais tant suivre sa caravane
Courir dans le sang de ses veines

Refrain :
Fille du feu, ma tzigane
Noire sur le fond bleu des gitanes
Oh, fille du feu, ma tzigane

3 Les soirs d'été, quand les bûchers s'enflamment
Du côté des Saintes-Maries
Des mains d'argent qui nous viennent d'Espagne
Font danser la mer et la nuit

4 Les bras tendus vers les pâles étoiles
Elle chante sur le sable gris
Le vent marin qui soulève ses voiles
Emporte sa plainte et ses cris

5 Elle est d'un peuple qu'on chasse ou qu'on parque
Dans des terrains vagues ou des camps
Il n'est pas bon de voyager sans carte
Sur les grandes ailes du vent

Au refrain.

6 Elle a des yeux comme une ville en flammes
La voix du cristal de Bohême

Foutu

Paroles : Jean-Claude Vannier. *Musique :* Julien Clerc, John Mc Curry.

1 Foutu, t'es photo, t'es mort
T'es là, tu dors
Sur papier glacé

2 Foutu, j' suis photosensible
C'est moi la cible
Sur papier séché
Photo qui m'a pris mon âme
Fantôme qui t'a volé ta jeunesse
Cliché douleur de nos drames
Tout flou d' nous deux, épreuve qui me blesse

Refrain :
Photos que tu jettes au vent
Et tous ces p'tits bouts d' papier
C'est mon cœur éparpillé

Qui s'envole tout là-haut
Tirer ton portrait robot
Amour fatal, j' suis foutu, photo

3 Foutu, j' suis photo, j' suis mort
C'est moi qui dors
Sur papier glacé
Foutu, t'as pris d' la patine
Une drôle de mine de papier mâché

4 Photos d' nos premiers déclics
Tes fous rires et nos baisers volés
Chambre obscure, défaut d'optique
Fourre-tout d'un amour instantané

Au refrain.

5 Photos d' nos premiers déclics
Tes fous rires et nos baisers volés
Chambre obscure, défaut d'optique
Fourre-tout d'un amour instantané

Refrain :
Photos que tu jettes au vent
Et tous ces p'tits bouts d' papier
C'est mon cœur éparpillé
Qui s'envole tout là-haut *bis*
Pour dire bonjour aux oiseaux
Au petit oiseau d' Robert Doisneau

6 Photos que tu jettes au vent
Et tous ces p'tits bouts d' papier
C'est mon cœur éparpillé

Gare à la casse

Paroles : Jean-Claude Vannier. *Musique :* Julien Clerc.

1 Par temps d'orage
Sur les guitares
Et quand font rage
Les millibars
Quand la musique me prend la tête
Le monde peut cracher sa tempête
Moi, je m'en fous

2 En cas d' rafales
Mon cœur chavire
Y'a plus d'escale
Les pianos virent
Quand cette rythmique me prend la tête
Je m'en vais braver la tempête
Oui, je m'en fous

3 J'entends tout un concert baroque
Et tout le reste je m'en moque
Quand la musique me prend dans ses bras
J' deviens fou
Mais je m'en fous

4 Mais quand le tonnerre
Fausse ma boussole
Ça tend les nerfs
D' ma corde de sol
Quelquefois j' voudrais qu' ça s'arrête
Quand ça me cogne à coups d' trompette
Mais je m'en fous

5 Un cargo de notes, tout un stock
J'ai le cœur gros, l'âme en loques
Je n' reconnais plus le haut du bas
Ça je m'en fous
Mais ça m' rend fou

6 Gare à la casse
Ça cogne, ça craque
Ça bing, ça claque
Ça bat, ça tape

7 Ça tangue, ça frappe
Ça roule, ça choque
Ça boule, ça piaffe
King Kong, pif paf
Aïe, aïe, ah

8 Je perds conscience
Mets la sourdine
J' voudrais l' silence
Les mandolines
Mon pauvre cœur, ma pauvre tête
Adieu le klaxon des trompettes
Qui m' rend fou

9 Mais quand j' me calme pour jeter l'ancre
Quand c'est fini, ça me manque
Toute cette musique qui m' prend
Dans ses bras

10 J' me sens seul sans c' concert baroque
Et tout le reste je m'en moque
Quand la musique me prend dans ses bras

Moi, je m'en fous
J' me fous d' tout

11 Gare à la casse
King Kong, pif paf
Aïe, aïe, ah

12 Ça cogne, ça craque
Ça bing, ça claque
Aïe, aïe, ah

13 Ça bat, ça tape
Ça tangue, ça frappe
Aïe, aïe, ah

14 Ça roule, ça choque
Ça boule, ça piaffe
Aïe, aïe, ah

King Kong, pif paf } *bis*
Aïe, aïe, ah

Le chiendent

Paroles : Jean-Claude Vannier. *Musique :* Julien Clerc.

1 J'ai pris la vie par les épines
Et j'ai grandi comme une racine
Juste un brin d'herbe entre les dents
Du chiendent

2 J'ai tiré à la courte paille
Gagné, perdu, vaille que vaille
Et mordu la vie à belles dents
Et le chiendent

3 Mon herbe folle, mon vent, ma vague
Tu as fait de mon âme un terrain vague
Quand nous nous sommes allongés
Dans le chiendent
Le chiendent

4 Et moi qui n'ai jamais crié pouce
L'amour ça pousse mais ça repousse
Amour cruel je serre les dents
Quel chiendent

5 Et je chante *Singing in the rain*
L'âme défaite ou bien sereine
Et je foule aux pieds et je danse
Sur le chiendent

6 Dans les tennis désaffectés
Où sifflent des balles oubliées
Tous ces amours étouffés par le temps
Et le chiendent

7 Et je ris, je pleure sur ma brune
Moi, tu sais, je n'en avais qu'une
Qui a mis dans mon cœur, dans mon sang
Ce chiendent

8 Après qu'il a plu tout va bien
Ça vient, ça part, v'là la vie de chien
Le cœur me serre et je me demande au-dedans

À quoi ça sert, à quoi ça sert
Le chiendent ?

Le verrou

Paroles : Jean-Louis Bergheaud. *Musique :* Julien Clerc.

1 Tout nous porte à frémir
Au désir au plaisir
À lever le verrou
Qui nous retient de tout

2 Dans la peau du bagnard
Tout nous pousse à vouloir
Vouloir battre les grains
De beauté du destin

3 Du ponton des marais
Tout nous pousse à pleurer
À endosser la peau
D'un poisson d'un oiseau

4 Par nos gorges étranglées
Tout nous porte à chanter
Hum hum hum...

5 Tout nous porte à frémir
Au désir au plaisir
Hum hum hum...

6 À pousser le verrou qui nous sépare
Qui nous sépare

Nouveau big bang

Paroles : Maurice Vallet. *Musique :* Julien Clerc.

1 Elle marchait sous la pluie sur ce pont de Paris
Elle avait l'air indienne, insoumise et païenne
Elle cherchait dans le ciel une réponse essentielle
Un nouvel univers
Sans froid et sans hiver

2 Elle marchait sous la pluie sur ce pont de Paris
Dans ses yeux de rebelle toute la tour de Babel
Les couleurs et les races mélangées dans l'espace
Mais il n'y a plus d'étoile
En haut de l'arc de l'Étoile

Hein, hein, hein
Hein, hein, hein } *bis*

3 Depuis je rêve d'un nouveau big bang
Et d'un clash d'un retour de boomerang
De hurler à mort sur les rocailles
De retrouver mes anciennes écailles
Sans fin je rêve d'un nouveau big bang
Et d'un clash d'un retour de boomerang
Échanger ma peau de civilisé
Contre les poils d'un ours mal léché

4 Elle marchait sous la pluie sur ce pont de Paris
Le cœur à l'agonie aux angoisses de minuit
Une femme qui pleure sous la pluie
Le soir sur un pont de Paris
Seule, c'est comme une maladie,
Un désastre, une hérésie

Hein, hein, hein } *bis*
Hein, hein, hein

Petit Joseph

Paroles : Jean-Claude Vannier. *Musique :* Julien Clerc.

1 P'tit Joseph
Écoute ma prière
Même si je ne vaux pas bien cher
Pas bezef

2 P'tit Joseph
Voilà que j'ai les bleus
T'es qu'une statue mais tu peux
T'es un chef

3 Je veux une fille de ma latitude
Qui me bahute du nord au sud
Et que ça dure
Et si ça dure pas
J'irai me baigner avec Zoé

4 P'tit Joseph
J' me demande bien ce qu'il y a
Ce qu'il y a dans ta tête de bois
Pas bezef

5 P'tit Joseph
Voilà que j'ai les bleus
J'en veux une qui me jette le feu
D'est en ouest
Qui me gribouille le cœur et l'âme
Et qui me brise à coup de rame

6 Et que ça dure
Et si ça dure pas
J'irai me rouiller avec Zoé

7 P'tit Joseph
Écoute ma prière
Je veux une fille, pas une Chrysler
P'tit Joseph

8 P'tit Joseph
Voilà que j'ai les bleus
Toi qui te balades dans le ciel bleu
En aéronef
Tu te fiches pas mal des clairs de lune
J' veux une prochaine, j' veux une chacune

9 Et que ça dure
Et si ça dure pas } *bis*
J'irai me noyer avec Zoé

P'tit Joseph écoute ma prière

Petits pois lardons

Paroles : Jean-Claude Vannier. *Musique :* Julien Clerc.

1 Ell' faisait chauffer au feu d' bois
Des petits pois
Il faisait cuire sur des tisons
Des tas d' lardons

2 Elle qui criait avec sa voix
« V'là les p'tits pois »
Pendant qu'il chantait dans son ton
« Chauds mes lardons »

Refrain :
C'est qu'on chante pas d' la même façon
Rue des lardons
Comme on le voit
Rue des p'tits pois

3 Il était embêté dans l' fond
Avec ses lardons
Elle se trouvait bien seule chez soi
Avec ses p'tits pois

4 Il rêvait d' l'emmener sur l' gazon
Fichus lardons
Elle lui aurait bien donné l' bras
Au bal des p'tits pois

Refrain :
C'est qu'on danse pas d' la même façon
Rue des lardons

Comme on le voit
Rue des p'tits pois

P'tits pois lardons
Lardons p'tits pois

5 Mais un jour qu'y' avait plus d' charbon
Pour les lardons
Il a porté ses p'tits bouts de gras
Chez les p'tits pois

6 Ils ont fait cuisine papillon
Avec les lardons
Et ils ont mélangé leurs doigts
Dans les p'tits pois

Refrain :
Et ils ont fait ça sans façon
P'tits pois lardons
Sans qu'on les voie
Lardons p'tits pois

P'tits pois lardons
Lardons p'tits pois

Goûte-moi ça
Hum c'est bon

1992

Amazone à la vie

Paroles : Étienne Roda-Gil. *Musique :* Julien Clerc.

Un jour tombe la feuille
Même si le cœur s'en va
Il reste l'Amazone
Et l'automne attendra...
Même si tombe la feuille
Quand arrive le froid
Ma vie est une blonde
Qui danse la samba...
Catastrophes et chantages
Cyclones, inondations
Pénurie et chômage
Enfants dans le goudron...
Industries qui se meurent
La faim près de la maison
La toit qui s'abandonne
La pluie dans le salon
Et même le téléphone
Qui sonne sans raison
Pour chaque vers une pomme
Pour chaque honte un front...
Un peu d'amour sauvage
Un peu de café au lit
Deux trois fleurs libérées

D'une serre sans vent ni pluie
Un peu d'amour tout sage
Des miettes au fond du lit
Des gestes libérés
De tout ce qui se paie...
Amazone, Amazone, à la vie...

Ballade en blanc

Paroles : Étienne Roda-Gil. *Musique :* Julien Clerc.

1 En blanc,
Les Rois du ciel sur terre
Qui parlent d'Amour
En s'interdisant de le faire...

2 Blancs,
Les chèques du prix de la guerre
Du matériel et des misères...

3 En blanc,
Les mariages et les chimères,
Les trahisons, les adultères...

4 Blanc,
Le chat qui méprise les gris,
Les tigrés, les insoumis...

5 Blanc,
Qui envahit et qui détruit
L'Amérique en quelques nuits...

6 Blanches,
Les tuniques sévères
Des gardes blancs de cette terre

7 Blanche,
Blanche la mort qui sort
De la bouche du fusil...

8 Voilà peut-être pourquoi,
Mon Amour, certains soirs } *bis*
Il fait bon d'être un peu noir }

Charpie de chapka

Paroles : Étienne Roda-Gil. *Musique :* Julien Clerc.

Je me souviens
Je me souviens
Tes longues mains
Tes longues mains...
Être bon
Être bien
Être soi, être rien
Mais pas n'importe quoi,
Une charpie de chapka...

Ces mots qui ne veulent
Plus rien dire
Ou qui disent
Le contraire

De ce qu'ils voulaient dire...
Tout ça
Maintenant, c'est là
Comme une charpie de chapka...
Et je me souviens de toi...
Se souvenir d'où l'on vient
Ne pas donner raison aux chiens
Ne pas devenir n'importe quoi
Pas une charpie de chapka
Un soleil qui nous désaltère
L'eau pure qui chauffe nos artères
Vouloir un peu de mieux sur terre
Comme tu le voulais là-bas...
Loin des charpies de chapka...
Je me souviens...
Tes longues mains
Artiste pauvre
Passé sur terre
Tu voulais le bien
De tes frères...
Une seule famille
Un seul destin
Et le bonheur
Au quotidien...
Ces rêves, maintenant, ne sont plus là
Ils sont tous partis avec toi...
Comme les empires croulent soudain,
Comme les rêves se désespèrent
Devant le mal, devant le froid...
Comme une charpie de chapka...

Coquetier bleu

Paroles : Étienne Roda-Gil. *Musique :* Julien Clerc.

Elle était bonne
Pour quarante
Quarante dollars
Ou quarante hommes
Pour quarante
Elle était bonne...
C'était elle
Qu'un dieu souriant
Avait prévue
Pour faire de la terre
Un grand ciel entrevu...
Un œuf et une poule
Un grand coquetier bleu
De loin, c'est une boule
De près, un chemin creux...

Refrain :
Et j'en étais très exactement amoureux
Comme dans un salon de coiffure de banlieue
Un extincteur rêve de feu
Près d'une plante exotique qui rêve d'Afrique

Il faut oser
Tresser l'osier
Pour laisser au moins un panier
À l'éternité...
Morales, conscience
Et habitudes
Habitent toujours la même rue

Il faudrait oser déménager...
Un œuf et une poule
Un grand coquetier bleu
Elle bonne pour quarante
Et moi amoureux

Au refrain.

Free Demo

Paroles : Étienne Roda-Gil. *Musique :* Julien Clerc.

1 Free n'a pas d'économies
Presque un toit
Et juste un lit
Et pourtant :
Free sourit...

2 Free aime le vent et la pluie
Au moins là
Il est servi
On ne trouve ça
Que loin de chez lui

3 Et c'est pour ça
Que Free sourit
Que Free sourit...

4 Free est heureux à Paris
Si ce scandale se poursuit
On fera une pétition

Pour le renvoyer
Dans sa région...

5 Et en attendant
Free sourit...
Free sourit...

6 Rhum et citron
Sucre et menthe fraîche
Coulent entre les seins
De sa princesse
Vers son ventre
Gonflé de vie...
Et c'est pour ça
Que Free sourit
Et qu'il est toujours
Un peu parti
Un peu parti...

7 Free, il a volé son nom
Quand il était tout petit
Sur un disque
Où il était écrit FREE DEMO

8 Il croyait
Petit délire
Que ça voulait dire :
Démocratie...
C'est aussi pour ça
Qu'aujourd'hui,
Oui c'est pour ça
Que Free sourit...
Free sourit...

à9 Et si sa princesse tient parole
Un petit Free
Une petite Demo
Viendront et iront à l'école
Et ils croiseront notre vie...
Et c'est pour ça
Que Free sourit
Et c'est pour nous
Que Free sourit...
Free sourit...

La belle est arrivée

Paroles : Étienne Roda-Gil. *Musique :* Julien Clerc.

Pour que la belle arrive
Il faut avoir gagné
Dans un excès de confiance
Avoir perdu après
Adieu le téléphone
Les rendez-vous plombés
Adieu toutes les autres
La belle est arrivée.
Adieu la vie des hommes
Les saints du calendrier
Pour le temps qui me reste
La belle est arrivée...

Pour que la belle arrive
Il faut avoir perdu
Dans un dernier coup de reins

Avoir gagné après
Il va falloir se battre
Il va falloir gagner
Adieu toutes les autres
La belle est arrivée...

New Virginia

Paroles : Étienne Roda-Gil. *Musique :* Julien Clerc.

Je te connais
Tu as un toit
Un tas d'amour
De rien
Un tas de n'importe quoi
Un tas de mystères
De cheveux, de chevaux
Pas de bois
De paysages labourés
De pierres bien entassées
Un tas de souvenirs
Si petit, si frais
Je te connais
Tu as ton toit
Et je veux vivre là

Noé

Paroles : Étienne Roda-Gil. *Musique :* Julien Clerc.

1 Ce soir c'est le Déluge
Le dernier, le plus beau
C'est la vraie fin du monde
On a fait un bateau
On a pris des vermines
Un peu malgré nous
Il ne sauve rien
Celui qui ne sauve pas tout...

Noé, Noé, Noé...

2 On a pris des lentilles
On a pris des bijoux
On aimait ce qui brille
La nuit et qui rend fou
On a pris l'éléphant
Et ses deux dernières dents
Dernier éléphant
Premier million de cure-dents

Refrain :
Noé, Noé, Noé...
Pourquoi t'es pas sur le bateau ?
Noé, Noé
Pourquoi t'as troué
La voile et le drapeau ?

3 On a pris les castors
On a pris les oiseaux...
Et toutes les fourrures

Pour nous faire des manteaux
On s'est dit : les poissons
Ils resteront dans l'eau
Comment mettre une baleine
Tout au fond d'un bateau ?

Noé, Noé, Noé...

4 On a pris des gazelles
Et même des manchots
Un couple d'hirondelles
Des putois, des blaireaux
Comme il faisait froid
Tout au fond du bateau
On a pris des menteurs
Pour dire qu'il fait chaud...

Au refrain.

5 Comme on avait compris
Qu'on n'aurait pas de journaux
On a pris des mannequins
Pas trop maigres et très beaux
Des tonnes de maquillage
De dentelles, de maillots
Pour faire face à la plage
Quand il referait beau...

Noé, Noé, Noé...

6 On a pris des punaises
Pour les posters de Dieu
Ces rêves de camionneur
Qui nous pincent le cœur
Ce soir, c'est le Déluge

Le dernier, le plus beau
C'est la vraie fin du monde
On a fait un bateau...

Au refrain.

Quitter l'enfance

Paroles : Maxime Le Forestier. *Musique :* Julien Clerc.

1 Un rien te fait rougir
Comme un feu de brindilles
Et tu hais les familles
Comme j'ai pu les haïr

2 Un rien te fait rougir
Et tu voudrais changer
Le sens du verbe aimer
Sans les mots pour le dire

3 Je lis ton innocence
Dans le noir de tes bas
Tu peux quitter l'enfance
Ton enfance
Ne te quitte pas

4 Tes lèvres se colorent
Maintenant que tu veilles
Et tes poupées sont vieilles
Maintenant que tu sors

5 Maintenant que tu danses
À chacun de tes pas
Tu peux quitter l'enfance
Ton enfance
Ne te quitte pas

6 Je ne peux rien te dire
Je n'ai pas été fille
J'ai haï les familles
Comme tu peux les haïr

Seule au monde

Paroles : Étienne Roda-Gil. *Musique :* Julien Clerc.

Seule au monde
Brune ou blonde
Un jour, l'amour
S'est enfui
Dans la grande surface
De la vie...
Où tu n'iras pas
C'est promis
Faire ton marché
Un lundi...
Seule au monde
Brune ou blonde
Avec ton amour évanoui
Tu traînes au bord de ton lit
Où tu ne rêves plus

C'est fini...
De rire toute la vie
Avec lui
Ouh, ouh, ouh
Seule au monde
Brune ou blonde
Comme un dieu
Qui traînerait sur terre
Sans église
Et sans ministère
Un jour, l'amour
Est parti
Tu as cru que la vie
C'était fini...
Sur les trottoirs
Où tu survis
Je marche vers toi } *bis*
Dans la nuit... }

Toi, tu me plais

Paroles : Étienne Roda-Gil. *Musique :* Julien Clerc.

1 Elle a pris ses enfants
Et elle les a noyés
C'était seulement
Des carrés de papier
Cent vingt pages déchirées
Qui allaient se baigner
Juste là où la Seine
Embrasse Aubervilliers

2 Du haut du pont de fer
Elle les a vus flotter
S'en aller vers la mer
Nourrir les naufragés
Un tout petit roman
Qui disait sans mentir
Qu'on peut tout inventer
Même ses souvenirs
Ça s'appelait :
« Toi, tu me plais »

3 On lui avait dit : Non,
Qu'il faudrait travailler
En faire un peu plus long
En soignant les effets
D'autres qui n'avaient pas lu
Lui avaient écrit :
Ceci ne rentre pas
Dans nos catégories
D'autres, encore plus polis
Lui avaient proposé
De travailler l'histoire
À quatre mains croisées.
Comme on dirait aux femmes
Aux Indiens, aux enfants :
Tout ça n'est pas sérieux
Couchez-vous maintenant
Elle a pris son enfant
Et elle l'a noyé
C'était son manuscrit
Qu'elle avait déchiré
Il était moins de six heures
Le soleil souriait

Le monde et le bonheur
Quelque part l'attendaient
Ça s'appelait :
« Toi, tu me plais »

Utile

Paroles : Étienne Roda-Gil. *Musique :* Julien Clerc.

1 À quoi sert une chanson
Si elle est désarmée ?
Me disaient des Chiliens,
Bras ouverts, poings serrés

2 Comme une langue ancienne
Qu'on voudrait massacrer
Je veux être utile
À vivre et à rêver

3 Comme la lune fidèle
À n'importe quel quartier
Je veux être utile
À ceux qui m'ont aimé
À ceux qui m'aimeront
Et à ceux qui m'aimaient
Je veux être utile
À vivre et à chanter

4 Dans n'importe quel quartier
D'une lune perdue
Même si les maîtres parlent

Et qu'on ne m'entend plus
Même si c'est moi qui chante
À n'importe quel coin de rue
Je veux être utile
À vivre et à rêver

À quoi sert une chanson
Si elle est désarmée ?

1996

Assez... assez

Paroles : David Mc Neil. *Musique :* Julien Clerc.

1 Assez de ces
Machins pointus
De tout c' qui blesse
De tout c' qui tue
Couteaux, coupe-coupe
Et balles perdues
Assez de ces
Machins pointus...
Assez, assez, assez, assez

2 Assez de ces
Machins qui griffent
Crampons de foot
Bijoux Van Cleef
Tonton-macoutes
Scouts à canifs
Assez de ces
Machins qui griffent...
Assez, assez, assez, assez

Refrain :
Faut des ronds
Faut des courbes

Des marchands d' marrons
Rue Lecourbe
Faut des ballons
Des cerceaux
Et les seins de
Sophie Marceau...
Assez, assez, assez, assez

3 Assez de ces
Machins qui piquent
Serpents-pythons
Et porcs-épics
Du hérisson
Microscopique
Assez de ces
Machins qui piquent...

Au refrain.

4 Bon, Cupidon est dispensé
Les abeilles et les crustacés
OK, mais pas les chiens dressés
Les pitbulls et les verres cassés
Les cutters des cours de lycée
Les harponneurs de cétacés
Tout ce qui blesse, ooh ! c'est assez
Effacez tout, recommencez...

Au bout du monde

Paroles : Étienne Roda-Gil. *Musique :* Julien Clerc.

1 Je la suivrais
Au bout du monde,
Mais elle veut
Me présenter son frère,

2 Sa sœur qui fait
Du karaté
Et son père divorcé...

Refrain :
C'est trop
Pour une seule affaire,
Les sœurs, les frères,
Et les pères...

Avec la crèche
À l'horizon
Et à la fin
Le Calvaire...

3 Je veux bien
Rêver d'une famille
Qui à elle seule
Peuple les Antilles

4 Mais la sœur,
Le frère et le père, c'est trop, beaucoup trop, oh, oh

Au refrain.

5 Je la suivrais
Au bout du monde
Mais elle veut
Rester sur cette terre,

6 Avec sa sœur
Son karaté
Et son père divorcé...

Au refrain.

Blues indigo

Paroles : David Mc Neil. *Musique :* Julien Clerc.

1 Persans, gouttières ou mistigris
Si la nuit tous les chats sont gris
Les hommes aussi sont tous égaux
Quand tombe cette chape indigo,
Ciment de poussière et d'ennui
Qui descend autour de minuit
Sur les pavés, les quais de gare
Les arrivées, les cases départ
Des jeux de l'oie perdus d'avance,
Quand les dés roulent sans qu'on les lance...
Sans qu'on les lance...

2 On fouille aussi dans les poubelles
Des souvenirs, on se rappelle
Des princesses et des cendrillons,

Des éphémères, des papillons
Qui tournaient dans les abat-jour
De nos palais de rois d'un jour
On se bat dans les terrains vagues
Eux font leurs griffes, on fait des tags
Et des marelles, mais pas de chance
La boîte tombe pas où on la lance
Où on la lance *(bis)*

3 Chat des palaces, voleurs, voyous,
Des favelas ou du bayou
Qu'on soit Mozart ou John Coltrane
C'est toujours le même blues qu'on traîne

4 Faudrait sur la carte du Tendre
Des Touaregs pour nous attendre
Quelques repères et des sherpas
Des guides, des boussoles, des compas
Ou des Livingstone dans nos jungles
Moins de foin, un peu plus d'épingles
Des camions entiers d'amoureuses,
De mygales, de mantes religieuses
Que nos appels aux ambulances
Elles les entendent quand on les lance
Quand on les lance *(bis)*

C'est mon espoir

Paroles : Étienne Roda-Gil. *Musique :* Julien Clerc.

1 Aucune passion ne me guette
De l'Hudson à la Croisette
D'Alésia jusqu'à la fin de la ligne de Sceaux

2 Ce que j'ai eu, je l'ai voulu
Gagné, perdu, rien ne va plus, rien ne va plus

3 La vie se promène sous la soie
La toile ou le velours, nuit et jour

4 Aucune passion ne m'agite
Ni le rêve de l'Amérique
Ni la prise de n'importe quel pouvoir

Refrain :
Mais tous les jours, pouvoir te voir
Même dans le noir, c'est mon espoir
Mais pour longtemps, nos « quatres » yeux
Perdus à deux, un seul regard
C'est mon espoir, c'est ma victoire

5 Ce que j'ai eu, je l'ai voulu
Gagné, perdu, rien ne va plus
C'est ma vengeance, mon·espérance

6 Aucune passion ne me guette
De l'Hudson à la Croisette
D'Alésia jusqu'à la fin de la ligne de Sceaux

Au refrain.

C'est quand qu'on va où

Paroles : Renaud Séchan. *Musique :* Julien Clerc.

1 Je m' suis chopé 500 lignes :
« Je n' dois pas parler en classe »
Ras l' bol de la discipline,
Y en a marre, c'est digoulasse !
C'est même pas moi qui parlais,
Moi j' répondais à Arthur
Qui m' demandait, en anglais,
Comment s'écrit *No Future*

Si on est punis pour ça
Alors je dis : « Halte à tout ! »
Explique-moi, Papa,
C'est quand qu'on va où ?

2 C'est quand même un peu galère
D'aller chaque jour au chagrin
Quand t'as tell'ment d' gens sur terre
Qui vont pointer chez « fout-rien »,
'vec les d'voirs à la maison
J' fais ma s'maine de soixante heures,
Non seul'ment pour pas un rond,
Mais en plus pour finir chômeur !

3 Veulent me gaver comme une oie
'vec des matières indigestes,
J'aurai oublié tout ça
Quand j'aurai appris tout l' reste,
Soulève un peu mon cartable,

L'est lourd comme un cheval mort,
Dix kilos d'indispensables
Théorèmes de Pythagore !

Si j' dois m'avaler tout ça
Alors je dis : « Halte à tout ! »
Explique-moi, Papa,
C'est quand qu'on va où ?

4 L'essentiel à nous apprendre
C'est l'amour des livres qui fait
Qu' tu peux voyager d' ta chambre
Autour de l'humanité,
C'est l'amour de ton prochain,
Même si c'est un beau salaud,
La haine ça n'apporte rien,
Pis elle viendra bien assez tôt

Si on nous apprend pas ça
Alors je dis : « Halte à tout ! »
Explique-moi, Papa,
C'est quand qu'on va où ?

5 Quand j' s'rai grande j' veux être heureuse,
Savoir dessiner un peu,
Savoir m' servir d'une perceuse,
Savoir allumer un feu,
Jouer peut-être du violoncelle,
Avoir une belle écriture,
Pour écrire des mots rebelles
À faire tomber tous les murs !

Si l'école permet pas ça
Alors je dis : « Halte à tout ! »
Explique-moi, Papa,
C'est quand qu'on va où ?

6 Tu dis que si les élections
Ça changeait vraiment la vie,
Y a un bout d' temps, mon colon,
Qu' voter ça s'rait interdit !
Bon si l'école ça rendait
Les hommes libres et égaux,
L' gouvernement décid'rait
Qu' c'est pas bon pour les marmots !

Si tu penses un peu comme moi
Alors je dis : « Halte à tout ! »
Et maint'nant, Papa,
C'est quand qu'on va où ?

Carabat

Paroles : Laurent Chalumeau. *Musique :* Julien Clerc.

1 L'hiver est doux quand sur un long lit
son élan me dit tout qui vaille
qu'il est bon de se sentir en vie
tant pis si c'est un feu de paille
elle a
les airs de Venise
et la
grâce qui divinisent
les la-
-scives marquises de Carabat

2 Puis le temps passe et toujours dit-on
en passant affadit l'amour
comme je ris des superstitions
et pour moi comme au premier jour
elle a
les façons éprises
et l'a(t)-
-titude évasive
des la-
-tines marquises de Carabat

3 Son cœur toujours à amadouer
l'aimer un défi qui m'effare
mais pour moi, dussé-je m'y brûler,
rien d'autre ne peut compter car
elle a
brûlé mes valises
et là :
désolé ladies
mais l'a-
-mour fou m'électrise à Carabat

4 Elle a
brûlé mes valises
et là
partout qu'on le dise
j'ai l'a-
-mour d'une marquise de Carabat

Comme c'était doux

Paroles : Étienne Roda-Gil. *Musique :* Julien Clerc.

Comme c'était doux
Lorsque vous me disiez vous...
Et
Comme c'était beau
Tout ce que vous montriez
Quand vous aviez trop chaud...
Tout
Ce que vous laissiez
Voir au vent léger
Par le soleil frappé...

Comme c'était doux
Lorsque vous me disiez vous...
Et
Comme tout cela survit
Dans le cœur et dans l'esprit
D'un manant devenu mari

Elle danse ailleurs

Paroles : Jean-Loup Dabadie. *Musique :* Julien Clerc.

1 ... Quand je pense
qu'ell' danse
ailleurs

et qu'ell' s'en
balance
D'ailleurs...
Je m' dis que sa vie
N'était qu'une envie
De passage

2 ... Quand je pens' qu'ell' joue
Et je m' demande où...
Qu'ell' dérange
Uniqu'ment les anges
Tout d' même pas sage...
P'tit' sœur qu(i) a battu
des ailes
Tombée comme une é-
-tincelle
Maint'nant ell' s'amuse
Sans qu'on la refuse
Femm' volée...

3 Quand je pense à elle,
À ses yeux bleu ciel
Ou gris sel
Dans ses jours rebelles
Femme envolée

Je m' dis que sa vie
N'était qu'une envie
De passage

4 ... Quand je pens' qu'ell' joue,
Et je m' demande où...
Qu'ell' dérange

Uniqu'ment les anges,
S'il y a des anges...

5 Quand je pense à elle
À ses yeux bleu ciel
Quand j' pens' qu'elle
S'est fait la belle,
Premièr' nouvelle...

6 Quand je pense
qu'ell' danse ailleurs,
et qu'ell' s'en balance
d'ailleurs...

La p'tite liqueur de ton cœur

Paroles : Jean-Loup Dabadie. *Musique :* Julien Clerc.

1 Dis-moi qu'on s'aime
Encore
Encore
Même
Plus fort
Plus fort...

Refrain 1 :
J' l'ai bue jus-
-qu'à la lie
La p'tit' li-
-queur de ton cœur

2 Dis-moi qu' tu m'aimes
Qu' j' suis pas
Dehors
Même
Si j' suis
Au bord

Refrain :
De ta vie
Comme si
J' buvais l'eau-
-d'-vie du malheur

3 Toi...
L'ombre te remplace
Moi...
J'ai perdu
Ma trace...
J' t'écris
Comme on crie...

4 Dis-moi qu'on s'aime
Encore
Encore
Même
Plus fort
Plus fort...

Refrain :
J'ai souffert
Des p'tit's lames
Des p'tit's flammes
De ton enfer

5 Dis-moi qu' tu m'aimes
Encore
Encore
Que
J' suis pas
Dehors

Au refrain 1.

6 Toi...
L'ombre te remplace
Moi...
J'ai perdu
Ma trace...
J' t'écris
Comme on crie...

Refrain :
Un exil
Plus lointain
Que ta main
Existe-t-il...

7 Dis-moi qu'on s'aime
Encore
Encore
Même
Plus fort
Plus fort...

Au refrain 1.

8 Dis-moi qu'on s'aime
Encore
Encore
Même
Plus fort
Plus fort...

Le phare des vagabondes

Paroles : Étienne Roda-Gil. *Musique :* Julien Clerc.

1 Parfois je rêve
Du bout du monde
Où se promènent
Des brunes, des rondes

2 Des Irlandaises
Incendiaires
Des Vénitiennes
Et de vraies blondes...

3 Au bout de l'Île
Du bout du monde
Où l'on s'embrasse
Où l'on se cogne
On se sourit
On se renfrogne
On croque des pommes
De Gascogne

Refrain :
Je suis le vent
Et la boussole
Je garde le phare
Des vagabondes
C'est là qu' je vis
Avec ma blonde
Au bout de l'Île
Du bout du monde

4 Il n'y a pas de sens écrit
Ni permis, ni interdit
Pas de récif et pas de passe
On peut y venir de l'Espace

5 Il n'y a pas de sens écrit
Ni permis, ni interdit
On sait que c'est la vie qui passe
Quand un ami pose sa besace...

Au refrain.

Le prochain train

Paroles : Laurent Chalumeau. *Musique :* Julien Clerc.

1 Je prendrai le prochain train
qu'on entend siffler au loin
pour rejouer sur ton terrain
j'arrive par le prochain train

2 Je prendrai le prochain train
express vers New-Orléain
le long du lac Ponchartrain
j'arrive par le train prochain

3 je dirai au contrôleur
tenez, compostez mon cœur
qui bat à toute vapeur
pourvu qu'on arrive à l'heure

4 je pourrais tout aussi bien
comme Kerouac ou Bob Dylain
prendre vers New-Orléain
l'autoroute soixante et un

5 mais pour qui sent en son sein
l'amour qui l'attend au loin
et ne rentre pas en vain
rien ne vaut le prochain train

6 donc prélasse-toi dans ton bain
mets-toi sur ton trente et un
ta mère couch'ra les gamins
j'arrive par le prochain train

Les séparés

Paroles : poème de
Marceline Desbordes-Valmore.

Musique : Julien Clerc.

1 N'écris pas ! Je suis triste et je voudrais m'éteindre ;
Les beaux étés, sans toi, c'est l'amour sans flambeau
J'ai refermé mes bras qui ne peuvent t'atteindre,
Et frapper à mon cœur, c'est frapper au tombeau

2 N'écris pas ! N'apprenons qu'à mourir à nous-mêmes
Ne demande qu'à Dieu, qu'à toi si je t'aimais
Au fond de ton silence écouter que tu m'aimes
C'est entendre le ciel sans y monter jamais

3 N'écris pas ! Je te crains, j'ai peur de ma mémoire ;
Elle a gardé ta voix qui m'appelle souvent
Ne montre pas l'eau vive à qui ne peut la boire
Une chère écriture est un portrait vivant

4 N'écris pas ces deux mots que je n'ose plus lire
Il semble que ta voix les répand sur mon cœur
Que je les vois briller à travers ton sourire ;
Il semble qu'un baiser les empreint sur mon cœur

5 N'écris pas ! N'apprenons qu'à mourir à nous-mêmes
Ne demande qu'à Dieu, qu'à toi si je t'aimais
Au fond de ton silence écouter que tu m'aimes
C'est entendre le ciel sans y monter jamais
N'écris pas !

On peut rêver

Paroles : Jean-Loup Dabadie. *Musique :* Julien Clerc.

1 Moi j'ai besoin de
Ces mots étranges,
Que « La terre est bleue
Comme une orange »
Pareil pour la lune
« De deux chos's lune
L'autre, c'est le soleil »...

2 J'ai lu aussi ça
Dans mon école :
L'homme, ses erreurs
Et sa douleur...

Refrain :
Mais ces mots-là !
Ça me console...

Je le sais,
La terre n'est pas bleue
Mais je m' dis qu'on peut rêver...
Je m'en vais
Où et quand je veux
J' dis seul'ment : on peut rêver...

3 Ne m' fais pas des yeux
Comm' des losanges
Ma moitié d'orange
Ma moitié d'ange...
On s'est dit adieu
Entre deux chances
Entre deux cadences

Au refrain.

4 Ça me plaît
Qu' ma vie soit en jeu
Du moment qu'on peut rêver

5 Moi j'ai besoin de
Ces mots étranges,
Que « La terre est bleue
Comme une orange »

Quand femme rêve

Paroles : Jean-Louis Bergheaud. *Musique :* Julien Clerc.

1 Quand femme rêve...
un cerf-volant
fort sous la neige
docile au vent
un attelage
un traîneau
passe au plus près
de ma peau

Refrain :
Toujours l'entraîne
le goéland
le cœur en peine
vers Ouessant
l'entraîne

le goéland
là-bas
vers Ouessant

2 Prince de Clèves
rue Corvisard
prisonnier d'elle
sous un hangar
où elle extrait
la moelle de mes os
comme fait busard
au louveteau

3 Pour du bonheur
à partager
elle prend mes je t'aime
mes baisers
comme grand lézard là-haut
elle boit mon sang
comme l'eau

Au refrain.

4 Quand femme rêve...
un cerf-volant
fort sous la neige
docile au vent
un attelage
un traîneau
passe au plus près
de ma peau

Star de l'entracte

Paroles : Jean-Claude Vannier. *Musique :* Julien Clerc.

1 T'as vingt ans, un répondeur, un pseudo,
ton book, ton CV, ta gueule, ta photo
dans une pub au ciné pour de la bière
tu bois, tu verses une larme au fond d' ton verre

2 pour trente secondes
la caméra tourne
autour de toi

3 t'es bien trop swing pour rester derrière
mais pas assez pour être dans la lumière
le premier rôle ce s'ra pour demain
la pellicule te glisse entre les mains

Refrain :
tu bois tu pleures
mais tu seras toujours
la star de l'entracte

4 dix ans plus tard, répondeur et pseudo
même book, même CV, toujours les photos
l' cinéma t'a filé qu' les mailles à l'envers
tu t' détricotes dans un peep-show désert

5 et pour vingt balles
on tourne on tourne
autour de toi

6 t'es bien trop swing pour rester derrière
Exprime-toi bien, mets-toi là dans la lumière
un verre au bar, c'est déjà demain
les hommes, les mecs, tu glisses entre leurs mains

Au refrain.

7 t'avoues trente-cinq, répondeur et pseudo
sur son bureau, il a mis ta photo

8 t'as mal au cœur
et la terre tourne
autour de toi

9 t'as un studio dans la rue derrière
et quand sa femme a éteint toutes les lumières
elle l'aime tellement — baisers, à demain —
y monte chez toi, le verre te glisse des mains

Au refrain.

2000

Aussi vivant

Paroles : Carla Bruni. *Musique :* Julien Clerc, Hervé Brault.

1 Sans vouloir vraiment...
Sans intention...
Sans poser l'ombre d'une question...
Comme en passant...

2 Sans qu'il soit trop tard...
Sans déraison...
Sans s'inquiéter de n' pas savoir...
Sans se dire non...

3 Se laisser glisser... très tendrement
Se chavirer... tout simplement
Le corps brûlant

Refrain :
Rien de la vie...
Rien ne me laisse...
Aussi vivant *(bis)*

4 Sans se dire pourquoi
Et sans comment
Sans s'envelopper de faux-semblants
Et sans contrat

5 Se laisser aimer... très doucement
Et s'emmêler... obstinément
À leurs tourments

Au refrain.

6 Se laisser glisser... très tendrement
Se chavirer... tout simplement
Se laisser aimer... très doucement
Et s'emmêler... obstinément

7 Sans vouloir toujours... tellement frémir
Sans se convaincre de l'amour... sans s'éblouir
Se serrer tout contre cet instant
Se laisser jouer tout simplement
Comme des enfants

Au refrain.

8 Rien de la vie
Vaut qu'on se lasse
D'être vivant

9 Se laisser glisser... très tendrement
Se chavirer... tout simplement
Se laisser aimer... très doucement
Et s'emmêler... obstinément

Désobéissante

Paroles : Carla Bruni. *Musique :* Julien Clerc.

1 Elle s'est pendue à mes basques
Tout enfouie dans mes cheveux
Et personne ne remarque...
Elle s'enroule dans tous mes rêves
Elle me dicte mot à mot
Ce que je lui dois sans trêve.

2 Pour elle je cherche mes lumières
Pour qu'elle aime s'endormir
C'est elle qui me donne mes ailes
C'est par elle que je désire
Elle est toute ma mémoire
Tout l'amour du temps qui dort
Elle est comme toujours là
À jamais et pour encore

Refrain :
Comme elle est envahissante... et si douce mon enfance
Jamais elle ne fait silence... quand je dors enfin elle danse

3 Je la sens à chaque geste
À chacune de mes envies
Je la sens comme elle me reste
Je ne sais pas la faire taire
C'est elle qui me laisse croire
Et c'est pour elle que j'aime faire

4 Elle est faite de moi-même
Mais en fait je ne suis qu'elle
Elle est l'ange que je garde

Elle est si forte et si frêle
Elle connaît comme je pleure
Car mes larmes sont les siennes
Elle s'échappe dans mes sourires
Et je console ses peines

Au refrain.

5 Elle est désobéissante mais si tendre mon enfance
Jamais elle ne fait silence quand je dors enfin elle danse

6 Elle s'est pendue à mes basques
Tout enfouie dans mes cheveux
Et personne ne remarque...

Je l'aime comme je respire

Paroles : Laurent Chalumeau. *Musique :* Julien Clerc, Khalil.

Pour lui faire l'amour
Tout droit n'est pas le chemin le plus court
Son corps se mérite
En respectant nos rites
Signaux et fétiches
Petits détails dont nos désirs s'entichent
Dites à la police
Que nous sommes des complices

Refrain :
Mon cœur se bat pour
L'envie de nous qu'elle a toujours
Mon cœur se bat pour
Faire son amour
Chaque instant
De sa vie m'attire
Je l'aime comme
Je respire

Pour lui faire l'amour
Souvent je dois inventer des détours
Doucement s'incitent
Deux corps d'accord tacite
J'adore quand elle triche
Bizarr' où parfois le plaisir se niche
Ainsi sa peau lisse
Répond à mon caprice

Au refrain.

L'horizon chimérique

Paroles : Jean de La Ville de Mirmont. *Musique :* Julien Clerc.

1 Je me suis embarqué sur un vaisseau qui danse
Et roule bord sur bord et tangue et se balance.
Mes pieds ont oublié la terre et ses chemins ;
Les vagues souples m'ont appris d'autres cadences
Plus belles que le rythme las des chants humains.

2 À vivre parmi vous, hélas ! avais-je une âme ?
Mes frères, j'ai souffert sur tous vos continents.
Je ne veux que la mer, je ne veux que le vent
Pour me bercer, comme un enfant, au creux des lames.

3 Hors du port qui n'est plus qu'une image effacée,
Les larmes du départ ne brûlent plus mes yeux.
Je ne me souviens pas de mes derniers adieux...
Ô ma peine, ma peine, où vous ai-je laissée ?

4 Voilà je suis parti plus loin que les Antilles,
Vers des pays nouveaux, lumineux et subtils.
Je n'emporte avec moi, pour toute pacotille,
Que mon cœur... Mais les sauvages, en voudront-ils ?

On serait seuls au monde

Paroles : Carla Bruni. *Musique :* Julien Clerc.

1 On serait seuls au monde
On jouerait à s'aimer
Toi tu serais la fille
Et moi le chevalier
Je ferais l'intrépide
Et toi la réservée
Je ferais le timide
Et toi la délurée

2 On serait seuls au monde
On jouerait à s'aimer
Tu ferais la charmante

Je ferais le charmé
Tu ferais la distante
Moi le désemparé
Tu ferais la brûlante
Moi je ferais l'inquiet
On serait rien que nous
On jouerait à l'amour
On se ferait sourire
On se jouerait des tours
On saurait contourner
Des orages d'ennui
On dirait qu'on serait
Des amoureux transis

3 On dirait qu'on serait
Jamais toujours les mêmes
Jamais ceux qu'on croyait
Jamais ceux qui s'enchaînent
Jamais ceux qui se mentent
Qui se doivent des mots
Ceux pour qui ce n'est rien
De s'aimer tellement trop
On dirait qu'on serait
Comme des inventeurs
Comme des naufragés
Des noyés de douceur
Comme des assoiffés
Des jamais endormis
On dirait qu'on serait
Des amoureux à vie

4 On serait seuls au monde
On jouerait à s'aimer
Je serais tout à fait
Tel que tu me voudrais
Tu serais ma si douce
Je te prendrais la main
J' me glisserais sous ta jupe } *bis*
Et toi tu n' dirais rien...

Quelques mots en ton nom

Paroles : Julie Bonhomme. *Musique :* Khalil.

1 De l'encre sur les doigts
Ou quelques larmes perdues
Les pages défilent mais
Sans toi je ne sais plus...
Mes mots partis avec toi
Vers un monde inconnu
Cherchent ta voix...

2 En silence
Mes rêves incertains
Paradis lointains
De tes croyances...
Une dernière mélodie
Ma désillusion
Et j'écris
Ces quelques mots
En ton nom...

3 Sur le mur une aquarelle
Aux couleurs de ton cœur
Le mien se noiera tous les ans
À la même heure...
J'irai par tous les chemins
Cueillir tes souvenirs
Fleurs de demain...

4 Ton absence
Mes nuits sans sommeil
Brouillard des merveilles
De mon enfance...
Lune confidente,
Elle veille sur moi
Quand je chante
Ces quelques mots

5 En ton nom
Je parle aux anges
En ton nom
En vers étranges
En ton nom
Ma voix se perd
En ton nom
Comme une prière

6 Mes nuages
Dans ma nostalgie
La mélancolie
De ces pages
Blanches comme
L'avenir
Mes illusions

Je vous le dis
Ces quelques mots

Se contenter d'ici-bas

Paroles : Carla Bruni. *Musique :* Julien Clerc, Hervé Brault.

1 Ça ne se sait pas
Ça ne s'attend pas
Parfois même c'est malgré soi...
Ça s'emmêle à nous
Ça se mêle de tout
Ça peut rendre comme fou...
Ça ne s'invente pas
Ça ne se ment pas
Ça ne se contrefait pas...
Ça ne se vole pas
Ça ne se veut pas
Ça se laisse venir comme ça...

Refrain :
Et s'il ne restait que ça
Si on ne faisait plus que ça
Se contenter d'ici-bas...
Et s'il ne restait que ça
S'il n'y avait rien au-delà
Être heureux maintenant et là

2 Ça ne s'oublie pas
Ça s'installe en soi
Ça se suffit d'une fois

Ça ne demande pas
Ni même pourquoi
Car ça ne s'explique pas
Ça n' se regrette pas
Ça n' se recherche pas
Ça n' s'abandonne pas
Ça n' se retient pas
Ça se frôle du doigt
Ça s'en va et c'est comme ça...

Au refrain.

3 Et s'il ne restait que ça
Si nous n'avions pas le choix
Et si le ciel se trouvait là...
S'il n'y avait rien au-delà
Si l'enfer n'existait pas...

4 Et s'il ne restait que ça
Si nos vies se vivaient là
Si tout n'était rien que ça
Et s'il ne restait que ça
Si la réponse était là
Se contenter d'ici-bas...

Si j'étais elle

Paroles : Carla Bruni. *Musique :* Julien Clerc.

1 Si j'étais elle, je saurais dire... tant de ces choses,
[tant de ces mots,
Qu'elle ne dit pas... de sa voix douce, à en frémir
Si j'étais elle, je n' voudrais pas de tous ces songes,
De tous ces drôles de mensonges, qu'elle s'invente...
[pour s'enfuir.

Refrain :
Mais il n'y a qu'elle qui sait se taire ainsi...
Et elle se cache dans ses silences comme une toute
[petite fille.
Mais il n'y a qu'elle qui sait se fuir comme ça...
Et elle s'allonge dans son absence tout contre moi...
[tout contre moi.

2 Si j'étais elle, je ne chercherais pas tellement d'excuses
Paroles vaines et vains refuges... tristes armes de combat
Si j'étais elle, je n'aimerais pas me voir souffrir,
[à en crever...
À la maudire, pour tout ce mal qu'elle pose là.

Au refrain.

3 Si j'étais elle, je laisserais que tout se glisse...
[que tout se passe...
Et très en douce, c'est qu'elle est douce, croyez-moi.
Si j'étais elle, je voudrais bien... juste pour voir...
[juste pour rien,
Juste comme ça, comment ça serait... cet amour-là.

Silence caresse

Paroles : Carla Bruni. *Musique :* Julien Clerc, Khalil.

1 Silence caresse
En face à face
Silence délice
Et l'ange passe
Entre nos yeux
Un lien se tisse
Comme une préface

2 Silence promesse
Tout peut se croire
Silence ivresse
De n' pas savoir
Ne pas se dire
Et nos regards
Se font miroirs

3 Les mots ne disent
Que nos passés
Les mots se traînent
De nos regrets
Comme des chaînes
Comme si l'amour
Savait parler

4 Les mots nous gâchent
Les mots nous fâchent
Ils nous entraînent
À nous mentir

Comme des chaînes
Comme si l'amour
Pouvait se dire

5 Silence caresse
Goût du mystère
Silence tendresse
Savoir se taire
Pour que tu restes
La plus intime
Des étrangères

6 Silence toujours
Les mots se taisent
Le doux silence
Qui nous protège
Qui nous désarme
Laissons les autres
À leur vacarme

7 Les mots nous gâchent
Les mots nous fâchent
Ils nous entraînent
À nous mentir
Comme des chaînes
Comme si l'amour
Pouvait se dire

Tu t'es en allée...

Paroles : David Mc Neil. *Musique :* Julien Clerc, Hervé Brault.

1 Un message
Griffonné
Sur la page
Chiffonnée
D'un Filofax
Londres, Halifax
Tu t'es en allée...

2 Quelques notes,
Deux arpèges
Je pianote
Brown and beige
Tout c' que tu laisses
Le chien sans laisse
Tu t'es en allée...

3 Me lâcherais-tu
Dis, te fâcherais-tu
Si pour une fois
C'est moi qui partais
Me quitterais-tu
Dis, me quitterais-tu
Si pour une fois
C'est moi qui m'en allais ?

4 Un e-mail
Manque de charme
Pas d' rimmel
Pas une larme

Un peu mesquin
D' quitter quelqu'un
Sans même
Un baiser...

5 Me lâcherais-tu
Dis, te fâcherais-tu
Si pour une fois
C'est moi qui partais
Me quitterais-tu
Dis, me quitterais-tu
Si pour une fois
Moi je revenais...

6 Un message
Griffonné
Sur la page
Chiffonnée
D'un Filofax
Londres, Halifax
Tu t'es en allée...

Va-t'en de moi (Vete de mi)

Paroles originales : Virgilio Exposito et Homero Exposito.
Adaptation française : Étienne Roda-Gil.

Musique : Homero Exposito et Virgilio Exposito.

Toi,
Qui peuples tout
De ta jeunesse et de ta joie

Qui vois des fantômes
Dans la nuit, derrière toi
Et qui entends le chant parfumé de l'azur

Va-t'en de moi

Ne reste pas là à regarder
Les branches mortes du rosier
Qui ne donnera plus de fleurs

Cherche l'horizon de l'amour
Qui dit le rêve et la raison
D'aimer

Moi,
Qui ai renoncé
Depuis longtemps à la splendeur
J'ai les bras brisés
À tant déchirer de cœurs
Que le tien me tombe des mains

Va-t'en de moi

Dans ta vie je serai le meilleur
Une petite rosée du passé
Qui va bientôt s'évaporer

Comme le plus beau des poèmes
Est celui
Qu'on a oublié...

Va-t'en de moi

Dans ta vie je serai le meilleur
Une petite rosée du passé
Si tu parviens à m'oublier
Comme le plus beau des poèmes
Est celui qu'on a oublié...

Dans ta vie je serai le meilleur
Une petite rosée du passé
Qui va bientôt s'évaporer
Comme le plus beau des poèmes
Est celui qu'on a oublié...

Remerciements

J'adresse mes remerciements à Bertrand de Labbey, Marcia Toledo, Michel Duval, Étienne Roda-Gil, Maurice Vallet, Jean-Loup Dabadie, David Mc Neil, Maxime Le Forestier, et une mention spéciale à Mathilde Heller, Ludella Billot et Didier Ladjili qui ont contribué à la réalisation de cet ouvrage.

P. S.

Nota : Ce recueil comporte des chansons que Julien Clerc n'a pas composées, mais qu'il considère, en tant qu'interprète, comme faisant partie de son répertoire.

Liste alphabétique des chansons

À chaque jour : 83.
À la fin je pleure : 155.
À mon âge et à l'heure qu'il est : 157.
À son cou, à ses genoux : 237.
Adélita : 59.
Adieu les larmes de la terre (Opéra 36) : 198.
Aime-moi : 255.
Amazone à la vie : 315.
Amour consolation : 257.
Angela : 259.
Angèle : 173.
Appel urgent : 275.
Assez... assez : 333.
Au bout du monde : 335.
Aujourd'hui rien n'est normal : 158.
Aussi vivant : 357.
Autres amis : 160.
Avisos : 297.
Avoir quinze ans : 276.
Ballade en blanc : 316.
Ballade pour un fou : 139.
Bambou Bar : 260.
Barbare : 278.
Barcelone 36 (Opéra 36) : 199.
Bateau pressé, capitaine pas bon : 121.
Bec de Lièvre : 105.
Belinda : 207.
Berce-moi : 60.
Bibliothèque Mazarine : 208.
Bien longtemps après : 140.
Black out (Faire l'amour ici) : 162.
Blasphème : 239.
Blonde et en colère : 280.
Blues indigo : 336.
Bourg-la-Reine : 35.
C'est la terre : 84.
C'est mon espoir : 338.
C'est pour toi : 36.
C'est quand qu'on va où : 339.
C'est une Andalouse : 122.
Ça commence comme un rêve d'enfant (Opéra 36) : 200.
Ça fait pleurer l' Bon Dieu : 106.
Cabane micro : 240.
Carabat : 341.
Carthage : 38.

Ce n'est pas : 108.
Ce n'est rien : 61.
Cécile : 109.
Cette personne : 210.
Chanson d'André Malraux (Opéra 36) : 202.
Chanson pour elle (Opéra 36) : 203.
Chanson pour mémère : 64.
Charpie de chapka : 317.
Cœur de rocker : 253.
Cœur-de-Dieu : 65.
Comme c'était doux : 343.
Confidence : 211.
Coquetier bleu : 319.
Cris, tambours et masques de guerre : 67.
Dans mon cirage : 179.
Danse s'y : 123.
Des jours entiers à t'aimer : 39.
Des larmes sucrées : 40.
Des mots d'ailleurs : 85.
Désobéissante : 359.
Dors bien : 141.
Échafaudages : 298.
Elle a au fond des yeux : 86.
Elle danse ailleurs : 343.
Elle faisait la la la : 213.
Elle voulait qu'on l'appelle Venise : 142.
Et surtout... : 69.
Faillite (First National City Bank Blues) : 41.
Fais-moi une place : 300.
Femmes... je vous aime : 241.
Fille du feu : 302.
Foutu : 303.
Free Demo : 320.
Gare à la casse : 305.
Hélène : 281.
Heureux le marin qui nage : 110.
Histoire vécue : 273.
Hiver 81 : 243.
Indiscrétion : 244.
Introduction : 112.
Ivanovitch : 13.
J'ai eu trente ans : 180.
J'aime ton corps : 164.
Jaloux de tout : 182.
Je dors avec elle : 184.
Je l'aime comme je respire : 360.
Je sais que c'est elle : 113.
Je suis mal : 165.
Je t'aime tant : 214.
Je vous écris du fond de ma ville : 245.
Je voyage : 144.
Jeanne : 215.
Jivaro Song : 21.
Jouez violons, sonnez crécelles : 88.
Julien : 22.
Jungle Queen : 216.
Juste comme un enfant : 145.
L'amour en chantier : 14.
L'assassin assassiné : 218.
L'éléphant est déjà vieux... : 70.
L'enfant au walkman : 283.
L'horizon chimérique : 361.
La belle est arrivée : 322.
La Californie : 42.

La cavalerie : 16.
La chanson d'Émilie Jolie et du grand oiseau : 195.
La citadelle : 90.
La face cachée de notre amour : 185.
La fée qui rend les filles belles : 72.
La femme boréale : 220.
La fille aux bas Nylon : 262.
La fille de la véranda : 73.
La longue épine : 91.
La p'tite liqueur de ton cœur : 345.
La petite sorcière malade : 23.
La promeneuse : 74.
La tarentelle : 17.
La veuve de Joe Stan Murray : 44.
Laisse le monde : 93.
Laissez entrer le soleil (Hair) : 27.
Le bonheur (Opéra 36) : 204.
Le Canon de la Nation : 94.
Le caravanier : 24.
Le chiendent : 307.
Le ciel tatoué : 125.
Le cœur nu : 187.
Le cœur trop grand pour moi : 167.
Le cœur-volcan : 45.
Le crooner de l'an 2000 : 221.
Le delta : 26.
Le directeur du Grand Hôtel : 126.
Le maître du palais : 127.
Le marteau : 96.
Le patineur : 97.
Le petit animal : 128.
Le petit vieillard qui chantait mal : 46.
Le phare des vagabondes : 348.
Le piano-éléphant : 130.
Le prochain train : 350.
Le secret de l'amour : 114.
Le verrou : 309.
Les amours sans larmes : 188.
Les aventures à l'eau : 284.
Les boucles de Garonne : 131.
Les cafards : 147.
Les enfants et les fifres : 76.
Les fleurs des gares : 48.
Les jours de joie : 168.
Les menhirs : 49.
Les mots qui dansent : 222.
Les oiseaux dans les arbres : 224.
Les robots qui dansent : 285.
Les séparés : 351.
Les tout petits détails : 76.
Les vendredis : 31.
Lili voulait aller danser : 247.
London-Derry : 99.
Lune lune : 133.
Ma doudou : 225.
Ma préférence : 190.
Macumba : 191.
Mangos : 235.
Mélissa : 264.
Moi j' te connais comm' si j' t'avais défaite : 249.
Mon alezan : 51.
Mon ange : 288.
New Virginia : 323.

Niagara : 78.
Noé : 324.
Nous serons toujours là (Opéra 36) : 205.
Nouveau big bang : 310.
On peut rêver : 352.
On serait seuls au monde : 362.
Où vais-je aller ? (Hair) : 30.
Partir : 174.
Petit Joseph : 311.
Petits pois lardons : 313.
Poissons morts : 116.
Pour qui tu te prends ? : 290.
Prends ton cœur par la main : 148.
Quand femme rêve : 353.
Quand je joue : 228.
Quatre heures du matin : 53.
Quelle heure est-île Marquise ? : 250.
Quelques mots en ton nom : 364.
Quitter l'enfance : 326.
Radeau de pierre : 117.
Respire : 265.
Rolo le Baroudeur : 80.
Romina : 170.
Sans toi : 134.
Se contenter d'ici-bas : 366.
Sertao : 100.
Seule au monde : 327.
Sexy : 292.
Si j'étais elle : 368.
Si on chantait : 102.
Si tu frappes à la tête : 176.
Si tu reviens : 54.
Silence caresse : 369.
Souffrir par toi n'est pas souffrir : 149.
Star de l'entracte : 355.
Style Ming : 294.
Sur tes pas : 19.
Tant d'amour : 267.
Terre de France : 136.
This melody : 150.
To be or not to be bop : 269.
Toi, tu me plais : 328.
Tout en vous m'enchaîne : 230.
Travailler, c'est trop dur : 193.
Tu dis ça : 177.
Tu me manques : 231.
Tu t'es en allée... : 371.
Une journée pour rien : 152.
Utile : 330.
Va-t'en de moi : 372.
Vous : 118.
Week-end : 232.
Y a plus de rock au Tennessee : 270.
Yann et les dauphins : 33.
Zucayan : 55.

Table

Préface, *par Jean-Marc Roberts* 7
Messages amicaux, *par Maurice Vallet, Étienne Roda-Gil, Maxime Le Forestier, David Mc Neil, Jean-Loup Dabadie* 9

1968 13
1969 21
1970 35
1971 59
1972 83
1973 105
1974 121
1975 139
1976 155
1977 173
1978 179
1979 195
1980 207
1981 235
1982 237
1983 253
1984 255
1986 273
1987 275

1990 297
1992 315
1996 333
2000 357

Remerciements 375
Liste alphabétique des chansons 377

Composition réalisée par IGS Charente Photogravure

IMPRIMÉ EN ESPAGNE PAR LIBERDUPLEX
Barcelone
Dépôt légal éditeur : 38650-10/2003
Édition 1
LIBRAIRIE GÉNÉRALE FRANÇAISE - 43, quai de Grenelle - 75015 Paris.
ISBN : 2-253-15571-3

31/5571/0